Temperança

LEIA TAMBÉM DA MESMA SÉRIE

AS IRMÃS SHACKLEFORD
Livro 1: *Graça*

BEVERLEY WATTS

Temperança

· AS IRMÃS SHACKLEFORD ·

Tradução
NATHÁLIA RONDÁN

COPYRIGHT © 2021 BY BAR PUBLISHING
COPYRIGHT © FARO EDITORIAL, 2025

Todos os direitos reservados.
Nenhuma parte deste livro pode ser reproduzida sob quaisquer meios existentes sem autorização por escrito do editor.

Diretor editorial **PEDRO ALMEIDA**
Coordenação editorial **RENATA ALVES**
Editora-assistente **LETÍCIA CANEVER**
Tradução **NATHÁLIA RONDÁN**
Preparação **GABRIELA DE ÁVILA**
Revisão **CRIS NEGRÃO E BÁRBARA PARENTE**
Capa e diagramação **OSMANE GARCIA FILHO**
Imagem de capa **ESTÚDIO FARO**

Dados Internacionais de Catalogação na Publicação (CIP)
Jéssica de Oliveira Molinari CRB-8/9852

Watts, Beverley
  Temperança / Beverley Watts ; tradução de Nathália Rondán. -- São Paulo : Faro Editorial, 2025.
  224 p. : il. (Coleção As irmãs Shackleford))

  ISBN 978-65-5957-823-8
  Título original: Temperance (The Shackleford Sisters Book 2)

  1. Ficção inglesa - Comédia I. Título II. Rondán, Nathália III. Série

25-1347   CDD 823

Índices para catálogo sistemático:
1. Ficção inglesa

1ª edição brasileira: 2025
Direitos de edição em língua portuguesa, para o Brasil, adquiridos por **FARO EDITORIAL**

Avenida Andrômeda, 885 — Sala 310
Alphaville — Barueri — SP — Brasil
CEP: 06473-000
www.faroeditorial.com.br

Temperança

Capítulo 1

O bilhete que avisava da morte iminente de sua mãe chegou a Adam Colbourne, o oitavo conde de Ravenstone, enquanto ele estava nos braços da sua amante do momento; já era o quarto bilhete desse tipo que recebia nos últimos seis meses.

Embora Adam acreditasse tanto nesse quanto nos outros três, retirou-se com relutância do abraço fervoroso de sua bela cantora de ópera e foi, cansado, cumprir seu dever.

Menos de uma hora depois, estava subindo as escadas do pórtico da residência de sua mãe em Londres, apenas para descobrir que, naquela ocasião, a Condessa Viúva de Ravenstone escolhera encontrar seu Criador nos arredores mais bonitos ao sul de Devonshire.

— Que diabos ela está fazendo lá? — Lorde Ravenstone soltou irritado para o mordomo idoso de sua mãe, como se fosse possível Jarvis saber mais do que o único filho da Condessa Viúva.

— Pelo que me consta, Sua Senhoria foi convidada para uma festa na residência do duque de Blackmore. Creio que ela tenha manifestado sua intenção de comparecer e, partiu há três dias, acompanhada de sua criada pessoal e dois lacaios.

— E como estava a saúde dela quando partiu? — Adam franziu a testa, analisando o rosto do mordomo para ver sua reação.

Para o azar de Lorde Ravenstone, não seria a primeira vez que Jarvis precisaria moldar as feições em um nível de preocupação apropriado para não ser alvo da ira da Condessa Viúva no seu indubitável retorno.

— Como Vossa Senhoria sabe, ela é extremamente elegante e raramente se queixa... — Ele ignorou quando Adam soltou o ar pelo canto da boca em desdém e continuou. — E, nessa ocasião, ela realmente deu a impressão de que estava muito bem de saúde, sem dúvida para não preocupar seus entes queridos sem necessidade.

Adam balançou a cabeça exasperado e, ao se dar conta de que era improvável que conseguisse arrancar mais alguma coisa dos criados leais de sua mãe, dirigiu-se à carruagem e instruiu o cocheiro a voltar para sua residência em Belgravia.

Enquanto tamborilava os dedos no assento ao seu lado, o conde sucumbiu à frustração.

Não havia dúvida de que a doença repentina da condessa fora planejada para levá-lo às pressas até onde ela estava. Outra vez. O motivo mais provável era a presença de uma dama adequada para ele, embora devesse ser dito que o desespero da viúva a havia levado a ampliar consideravelmente suas possibilidades nos últimos doze meses. Ela agora estava disposta a desfilar com todas as mulheres casadouras entre dezesseis e trinta e cinco anos de idade que tivessem qualquer rastro de um dote e todos os dentes.

Até agora, o conde conseguira se manter firme contra as tentativas implacáveis de sua mãe para que a obedecesse, mas, ao receber a notícia de sua suposta morte iminente pela quarta vez em tantos meses, Adam enfim se cansou.

A verdade é que o conde de Ravenstone não tinha a menor intenção de se casar. Jamais.

Quando menino, viu a natureza fria e impessoal — para não dizer sem amor — da união de seus pais. O casamento, ele concluiu, não era algo que desejasse experimentar. E as mães casamenteiras das debutantes de cada temporada, cheias de estratagemas, não lhe davam nenhum motivo para mudar de ideia. De fato, aquele joguinho todo o deixava enojado, assim como os esforços que algumas mães faziam para garantir à filha um marido rico e titulado — independentemente dos atributos da presa.

É claro que Adam, sendo homem, não tinha consciência de que sua popularidade — não apenas entre as damas solteiras, mas também entre as mães delas —, devia-se em parte aos seus atributos físicos. Ele era rico — tanto que chegava quase a ser vergonhoso — e tão arrogante quanto incrivelmente bonito. Alto, com cabelos da cor de castanhas assadas e olhos de um cinza prateado invernal que fazia com que muitas moças quase desmaiassem quando os viam.

Só na última temporada, houve duas ocasiões em que uma mãe ambiciosa tentou acusá-lo de comprometer a filha em uma tentativa de finalmente levá-lo ao altar; e a participação de sua própria mãe na tramoia apenas serviu para deixá-lo mais determinado ainda a evitar o matrimônio. Ele tinha um primo perfeitamente amável com uma dúzia de filhos que herdaria o título, portanto não havia absolutamente nenhuma razão para que ele se submetesse à infelicidade do casamento e de se ver preso a alguma mulher insípida para produzir um herdeiro.

Adam Colbourne estava bastante satisfeito com sua amante, que atendia a todas as suas necessidades físicas e que não esperava nada dele fora do quarto, desde que continuasse a mantê-la no conforto do qual ela agora desfrutava. Aos seus olhos, era um acordo perfeito.

Ele se deu conta de que a carruagem havia parado em frente à sua casa na cidade, mas não desembarcou imediatamente. Sua mãe intrometida bem que merecia que ele ignorasse a convocação dela. Mas havia a possibilidade de que, nesta ocasião, ela não estivesse fingindo. Ele refletiu com pesar sobre a história do menino mentiroso que gritava "lobo".

Simplesmente não podia correr esse risco. Sabia que sua mãe o amava à sua maneira, mas o fato era que ela não o conhecia de verdade. Na maior parte do tempo, nem sequer o entendia. Os homens nunca tiveram um papel muito importante na vida dela. Até onde Adam sabia, seus pais só ficaram juntos uma vez, e o rápido aparecimento de um filho e herdeiro causou mais do que alguns rumores à época. Desde que ele nasceu, o casal morava em casas separadas. Para falar a verdade, Adam não entendia o porquê daquilo tudo.

Suspirando, ele desceu da carruagem e pediu ao cocheiro que trouxesse seu cavalo Merlin. Era um cavaleiro excepcional, e o clima de março, embora tempestuoso, estava razoavelmente bom. A viagem a cavalo seria mais rápida, com apenas uma breve parada durante a noite para descansar o cavalo. No entanto, ao entrar no quarto e chamar seu valete, refletiu que seu traseiro provavelmente pagaria um preço alto e que como consequência ele precisaria de mais do que alguns drinques quando chegasse ao seu destino — apenas para conseguir se sentar.

Ainda assim, embora não conhecesse pessoalmente Sua Graça, ele tinha ouvido falar que a adega do duque de Blackmore era mais do que adequada; portanto, depois de cortar as asinhas da sua mãe, passaria uns três ou quatro dias se recuperando com uma agradável companhia masculina e um conhaque de excelente qualidade. Só esperava que sua mãe não tivesse prometido algo que não deveria a uma moça ingênua e cabeça de vento...

Reverendo Shackleford não sabia o que fazer. Tinha plena convicção de que, ao casar sua filha mais velha, Graça, com um nobre extremamente rico do reino, seus problemas acabariam.

Ou pelo menos não tardariam em acabar.

Na verdade, presumiu que bastaria ele se sentar e esperar que uma fila de pretendentes ricos e titulados se formasse na porta da paróquia.

Não foi bem assim que aconteceu. Na verdade, poderia se dizer que um cemitério era mais frequentado do que sua sala de visitas.

Com um suspiro, o reverendo se abaixou e acariciou a cabeça do seu fiel cão de caça, Freddy:

— De nada adiantou, Freddy, meu rapaz, se eu quiser ter alguma chance de casar as outras moçoilas, vou ter de colocar a maldita mão no bolso.

Pois sua esposa, Agnes, não ia gostar nada disso. O custo de uma temporada em Londres poderia levar até mesmo o mais rico dos homens à pobreza mesmo com a patronagem de um genro com título. Mas esse não era seu único problema. O reverendo agora se deu conta de que não bastava ter um duque rico na família quando se tinha os modos de um cuidador de cavalos. Ele olhou para o pequeno livro que estava em suas mãos e que seu coadjutor Percy havia lhe entregado mais cedo: SERMÕES DE FORDYCE PARA MOÇOILAS. O pároco só havia conseguido chegar até as opiniões do autor SOBRE RESERVA E MODÉSTIA antes de ser tentado a tomar um segundo copo de conhaque. De acordo com o doutor Fordyce, uma das principais belezas da natureza feminina é aquela reserva modesta, aquela delicadeza acanhada de quem evita ser vista em público.

Até onde o reverendo Shackleford sabia, para sua segunda filha mais velha, Temperança, "reserva modesta" era chutar um canalha nas canelas e não nas bolas. O pai suspirou. Ele não tinha dúvidas de que o filho do açougueiro fizera por merecer o chute bem-direcionado de Tempy nas partes íntimas, mas não havia como contestar o apelido que vinha circulando pelo vilarejo. De acordo com os mexeriqueiros, *Temper* Shackleford causou um alvoroço e tanto.

Por um breve momento, desejou ter deixado Temperança com o duque de Blackmore quando teve a chance. Naquela época, o duque não dava a mínima com qual das filhas do reverendo se casaria, embora — ao que tudo indicava — ainda que fosse pouco provável, ele e Graça se davam muito bem. De fato, dizia-se que a relação deles era, na verdade, uma união por amor. Uma verdadeira raridade nos altos escalões da sociedade.

Na verdade, o reverendo estremeceu só de pensar no que poderia ter acontecido se tivesse tentado empurrar Temperança para o duque. Embora Graça sempre tenha sido indisciplinada, era muito tranquila.

Em suma, de temperança sua filha nada tinha, ainda por cima, era uma megera e tanto. Bem, era assim que o filho do açougueiro, Ebenezer Brown, a chamava. De fato, foi chamá-la assim que o fez apanhar.

O senhor Shackleford voltou a olhar para o livro no colo. Não tinha dúvidas de que a intenção de Percy era boa, mas o coadjutor não entendia de mulheres muito mais do que seu superior. Augusto Shackleford olhou para sua esposa Agnes, que roncava baixinho na espreguiçadeira. Ao se casar pela terceira vez, ele esperava não apenas que sua esposa finalmente lhe desse um filho e herdeiro, mas que também servisse de consolo para suas oito filhas sem mãe.

No primeiro aspecto, Agnes Shackleford cumprira seu dever com louros, mas parecia que seus instintos maternais acabaram após o parto e, como considerava que, ao gerar um filho, havia mais do que cumprido seu dever, a terceira senhora Shackleford optou por ficar sempre indisposta dali em diante. Isso era muito mais elegante e certamente não tão doloroso quanto ser mãe. Desde que seu filho fosse apresentado a ela uma tarde por mês, estava satisfeita. E certamente não questionava o que Anthony fazia o resto do tempo.

Portanto, era óbvio que sua esposa não conseguiria fazer de Temperança uma dama, o que dava ao reverendo apenas três outras opções.

A primeira era mandar Temperança para a casa de sua irmã mais velha, na esperança de que por algum milagre ela virasse uma dama vivendo naquele ambiente, como aconteceu com Graça.

No entanto, embora ele não tivesse nenhum escrúpulo em deixá-la com a irmã, sabia bem como a situação de Graça agora era delicada. Ela e o duque só recentemente haviam se dado conta de seus sentimentos um pelo outro, e o pai não queria arriscar a possibilidade de o duque se irritar por sua cunhada ter sido deixada de repente em sua casa. E, para falar a verdade — o que, é claro, ele fazia sempre já que era um homem de Deus —, o comportamento desregrado de todas as irmãs, diga-se de passagem, poderia muito bem ser colocado na conta de Graça, já que era a mais velha. Embora estivesse se tornando cada vez mais óbvio que, enquanto estava em casa, Graça tinha conseguido pelo menos refrear a propensão de Temperança socar o nariz de alguém dada a menor provocação.

Tudo isso ser consequência do fato de todos os seus nove filhos, em idades diferentes, terem sido deixados para correr soltos sem quase nenhuma supervisão nunca passou pela cabeça do reverendo.

Sua segunda opção era mandar Temperança para uma escola para jovens damas. A seu ver, havia dois obstáculos nesse caminho específico, além do custo.

Em primeiro lugar, só de pensar em informar tal decisão à sua filha esquentada já lhe dava medo. Embora devesse ser dito que, se algum dia fosse abordar o assunto, agora seria o melhor momento, pois ele não tinha dúvidas de que a moça estava bastante triste pelo ocorrido no outro dia, o que significava que havia uma grande chance de que pudesse ser persuadida de que a solução era um recomeço.

O segundo obstáculo era a possibilidade de que, ao mandar Temperança embora, o problema ultrapassasse os limites do vilarejo. E ele sabia muito bem a rapidez com que os mexericos podiam se espalhar e, além disso, o quanto a alta sociedade adoraria saber que a irmã da duquesa de Blackmore há pouco tempo havia se envolvido em brigas com um aprendiz de açougueiro.

O que o levava à terceira opção: precisava empregar uma dama com a discrição necessária na paróquia. Alguém de natureza delicada e que precisasse do dinheiro, para ensinar Temperança, ao menos, a manter a calma...

E, por acaso, ele havia encontrado a pessoa certa. Mexendo no bolso, o reverendo tirou um pequeno cartão.

DICAS DE BONS MODOS E COMO SER PRENDADA,
POR UMA SENHORA DISTINTA.
MAIS INFORMAÇÕES NO LAVENDER COTTAGE.

Ele se levantou. De nada adiantava adiar o inevitável. Tocou a sineta e ordenou que sua única criada doméstica, Lizzie, chamasse sua segunda filha mais velha.

Lady Gertrude Fotheringale morava — ou melhor — se escondia no vilarejo de Blackmore desde que, sete anos atrás, seu primeiro marido lhe fizera o favor de ir "desta para melhor" no final de uma série de vitórias suspeitas nas mesas de jogos. Seu nome verdadeiro era

Dolly Smith e a razão pela qual não queria ser encontrada era, na verdade, que os ganhos do marido não pertenciam a ele, quem dirá a ela. Contudo, não se pode dizer que Dolly Smith não tinha um bom faro para uma oportunidade, então não perdeu tempo e foi para o mais longe possível do agiota antes que ele percebesse que havia sido enganado e a despachasse para junto do marido ladrão com sua própria pá.

No final das contas, fugir dos criminosos de Londres foi muito mais fácil do que esperava. Bastou um passeio de carruagem até seu destino final e lá estava ela, a respeitabilidade em pessoa. Ostentando ser viúva de um baronete insignificante e pobre de Norfolk, morando em um pequeno, porém confortável, chalé nos arredores da vila de Blackmore, ao sul de Devonshire, ela desfrutara vários anos de uma vida de um nobre pobre, o que, para alguém com sua origem, nem de perto era pobreza.

Infelizmente o dinheiro por fim estava acabando e havia uma lamentável falta de oportunidades matrimoniais no vilarejo, como a viúva do barão fictício veio a descobrir por experiência própria. Na verdade, sua busca pelo único cavalheiro solteiro, que não estava ainda de mãos abanando em um raio de quinze quilômetros, resultou em uma humilhante desfeita que ela não esqueceria tão cedo.

Por sorte, o casamento não era sua única opção. Dolly também teve a perspicácia de aprender a ler e escrever sozinha no tempo em que passou em Blackmore, uma proficiência pela qual ela era muito grata agora. E como a felicidade do casamento parecia não ser para ela, colocou um anúncio discreto na janela da frente e esperou.

Capítulo 2

Temperança Shackleford, ou Tempy, como era chamada pelos irmãos, não podia negar que tinha um gênio forte e que, em algumas ocasiões, simplesmente não conseguia se controlar. Era bem verdade que nunca pensava duas vezes antes de revidar — mesmo quando era criança —, mas no geral ela conseguia reprimir suas tendências mais violentas. Para sua surpresa, quando Graça foi embora, a agressividade começou a se manifestar com uma frequência lamentável. Ela tinha plena consciência de que uma mulher, que a vida toda teve uma educação tão privilegiada, não deveria, qualquer que fosse o motivo, ser tentada a usar os punhos ou os pés como meio de repreensão. Não queria nem pensar na complicação adicional de seu pai ser um homem de Deus.

No entanto, tinha de reconhecer que, naquela ocasião, talvez tivesse ido longe demais. Pela primeira vez na vida, foi confinada no quarto sob ameaça de ficar sem jantar e informada de que seu pai falaria com ela em breve.

Com uma careta, Temperança penteou os cabelos e ajeitou o vestido na tentativa de estar apresentável agora que a aguardada convocação finalmente veio. Esperava que o pai simplesmente a mandasse ficar com a irmã e, se tivesse a sorte de descobrir o feliz resultado de sua situação, Temperança não hesitaria em jurar por Deus que *nunca mais* perderia a paciência.

Ao abrir a porta do quarto, a primeira coisa que reparou foi que não havia nem sinal de qualquer uma de suas irmãs. Ela balançou a cabeça, pois já esperava por aquilo. Sem dúvida, estavam tentando não misturá-las com a irmã que caiu em desgraça. Respirou fundo e desceu as escadas apreensiva. Foi instruída a ir ver o pai no escritório, o que, na verdade, não era um bom presságio em prol do resultado que ela queria. A ausência de latidos ansiosos — quando ela bateu na porta do escritório —, indicando a ausência inesperada de Freddy no cômodo, também não.

Depois de um aceno severo de seu pai, ela abriu a porta com nervosismo e foi até a frente da escrivaninha dele, a cabeça timidamente baixa.

— Um pouco tarde demais para uma demonstração de modéstia, minha jovem. —A voz sombria de seu pai fez com que Temperança olhasse para cima rapidamente, apreensiva. Em circunstâncias normais, o reverendo estaria soltando fogo pelas ventas dadas as ações dela, mas o fato de ele estar usando o tom de voz — do caminho traiçoeiro ao inferno — que costumava ser reservado aos paroquianos mais relutantes, fez com que o coração dela batesse forte e seu estômago revirasse.

— Sinto muito, pai — murmurou ela, fazendo o possível para parecer arrependida o suficiente. — Prometo que esse incidente não voltará a acontecer e, de agora em diante, vou me esforçar para agir da maneira modesta e obediente que convém a uma dama na minha posição. — O *humf* alto do pai em resposta à declaração virtuosa da filha demonstrou o quanto ele acreditava na capacidade dela de se comportar. Ele se levantou enquanto Temperança o observava com receio.

— Decidi — declarou ele com altivez — que será colocada sob os cuidados de uma dama nobre que se esforçará para incutir em você os modos que lhe faltam.

— Que dama? — perguntou Temperança, com os olhos arregalados.

— A senhorita deve comparecer à sala de estar hoje à tarde, às quatro. Lady Fotheringale virá nos visitar para tomar chá.

Temperança arfou:

— Por favor, diga-me que não está se referindo àquela mulher horrível que fuma cachimbo quando acha que ninguém está olhando?

O reverendo abriu a boca antes de fazer uma pausa:

— Cachimbo? — murmurou ele, franzindo a testa.

— Sim, pai. Mesmo que não a veja fumando, geralmente é possível sentir o seu cheiro. Ela usa um chapéu horroroso com um pavão em cima. O senhor não pode estar falando sério. Como alguém que se veste tão mal pode me ensinar alguma coisa? Por favor, papaizinho — continuou ela, recorrendo ao jeito que o chamava quando era pequena, dado o desespero —, deixe-me ficar com Graça. Ela será a influência sensata de que preciso. Afinal de contas, se ela conseguiu superar suas tendências mais... impulsivas, certamente poderá garantir que eu faça o mesmo.

O reverendo se remexeu. Era uma tentação e tanto simplesmente colocá-la na carruagem e mandá-la para a casa da irmã, mas algo lá no fundo lhe dizia que isso seria o mesmo que empurrar todo o problema para debaixo do tapete, onde era mais do que provável que tropeçasse quando menos esperasse.

Ele suspirou irritado. Que inferno, não podia se dar ao luxo de ter mais escândalos ligados ao nome Shackleford. O que, em nome de Deus, havia de errado com seus malditos filhos? Ele olhou de soslaio para Temperança, que agora torcia as mãos e parecia estar à beira das lágrimas.

— Não precisa ficar com essa cara de quem comeu e não gostou, menina — ele soltou enfim. — Ora, Lady Fotheringale parecia e soava perfeitamente aceitável pelo que me consta.

— Perdoe-me, pai, mas nem sempre pode-se confiar no que o senhor considera ou não aceitável.

— Bem, pode apostar que minha opinião é mais confiável que a sua, minha filha. — O reverendo, enfim perdendo a paciência, levantou-se e bateu com a mão na escrivaninha, fazendo com que os dois se sobressaltassem assustados. — A senhorita há de conhecer Lady Fotheringale esta tarde e, por Deus, *aprenderá* a se comportar ou... — ele fez uma pausa, claramente em busca do incentivo certo para fazer com que a mulher cabeça de vento se comportasse. Ele se levantou. — Ou então — ele ameaçou —, eu a casarei com Percy.

Quando deu quatro horas da tarde, Temperança ainda não tinha encontrado uma solução. Não conseguia tirar da cabeça a hipótese terrível de se casar com o coadjutor de seu pai. Sua irmã Graça também mencionara a possibilidade, e Temperança temia que algum plano medonho estivesse em curso. Na verdade, Percy era um sujeito muito simpático, embora muito propenso a dar lições de moral, o que Temperança supôs ser devido ao fato de que seu pai não era muito bom em fazê-lo. Contudo, Percy era baixinho, magrelo e — a pior parte — dotado de apenas alguns escassos tufos de cabelo, a maioria dos quais saíam de suas orelhas e do seu nariz.

Temperança suspirou quando ouviu a campainha tocar. Estava começando a temer que não houvesse nada a fazer, além de aceitar o inevitável. Se realmente se empenhasse, talvez conseguisse convencer o pai de que ela mudara em apenas duas semanas. Tinha certeza de que o reverendo preferiria não ter de gastar o dinheiro com sua educação.

Sabia bem que o pai esperava não ter despesas para encontrar um marido para ela, mas se realmente se empenhasse, talvez pudesse convencê-lo de que o dinheiro que ele pretendia pagar a Lady Fotheringale seria mais bem gasto tentando encontrar um par adequado nas cidades vizinhas de Torquay ou Dartmouth.

Bateram na porta do quarto, e Temperança se levantou com relutância de sua cadeira perto da janela, dizendo a Lizzie que logo iria ver o pai.

Era muito pior do que ela imaginava. De fato, era muito pior do que sequer poderia ter cogitado.

Lady Gertrude Fotheringale tinha uma verruga na ponta do nariz que era quase do tamanho de uma moeda de um centavo e, como se não bastasse, dois pelos pretos saíam dela, um dos quais era tão comprido que corria o risco de acabar dentro do chá da dama. O vestido dela parecia ter saído de moda há cerca de dez anos e agora estava pelo menos dois números menor. Ela estava, como previsto, usando seu chapéu de pavão, e Temperança não pôde deixar de notar que o pássaro não tinha quase nenhuma plumagem.

Olhando para o pai, que se recusava a encará-la, fez uma pequena reverência.

— Prazer em conhecê-la, Lady Fotheringale — murmurou ela, mantendo os olhos baixos.

Lady Fotheringale soltou uma risada aguda:

— Caralho, digo, Céus, minha querida — ela apressou-se em corrigir. — Não precisa ser tão formal comigo. Sinto que vamos nos dar muito bem. — Ela deu um tapinha na almofada ao seu lado.

— Venha e sente-se aqui ao meu lado para que possamos nos conhecer melhor.

Relutante, Temperança se sentou ao lado de sua suposta instrutora, certificando-se de permanecer cautelosamente na beirada do sofá. Uma vez sentada, o odor de tabaco, junto a um fedor de suor, quase a fez querer vomitar.

— Bem, minha querida — continuou Lady Fotheringale —, deve me chamar de Gertie, agora que seremos amigas.

— Ob-obrigada... é... Gertie — murmurou Temperança, sem conseguir tirar os olhos horrorizados da verruga de sua mentora. Infelizmente, temia muito que cada frase sua acabasse direcionada à protuberância feiosa.

Ela olhou para o pai, que estava estranhamente calado; dada sua expressão, parecia hipnotizado pela mesma coisa.

— Então, minha jovem, devo presumir que tem andado por aí um bocadinho sem rédeas? — perguntou Lady Fotheringale, balançando o dedo e emitindo outra risada aguda.

— Eu... eu não descreveria o incidente de forma tão infeliz assim — respondeu Temperança, lançando outro olhar veemente para o pai.

— Qual é a sua opinião, papai? — ela perguntou em desespero, certa de que o reverendo não pretendia que esse desastre continuasse. Se essa criatura era uma dama, então ela era a Rainha da Inglaterra.

Antes que o pai pudesse responder, Lizzie entrou com uma bandeja de chá. Temperança olhou com o coração apertado para os biscoitos de chocolate que acompanhavam canudinhos de massa folhada. Essas iguarias só eram servidas em ocasiões especiais.

— Bem, então — disse o reverendo com uma alegria forçada —, poderia fazer a gentileza de servir o chá, minha querida Temperança?

Com o coração acelerado, Temperança fez o que lhe foi pedido. Educadamente, entregou a xícara e o pires a Lady Fotheringale e, em seguida, voltou-se para o pai. Ao levar-lhe a bebida, implorou-lhe com os olhos que pusesse um fim a essa maluquice e, assim, testemunhou o momento exato em que seu destino foi selado. A expressão do reverendo foi de "culpado" para "contrariado" e, em seguida, para "decidido" em poucos segundos.

— Não se esqueça dos biscoitos, minha querida — foi tudo o que ele acabou por dizer.

Temperança ofereceu o prato para a visitante, que pegou dois de uma só vez, dando uma piscadela travessa para ela. A partir de então, os únicos ruídos na sala eram os sons torturantes de Lady Fotheringale tomando seu chá e chupando seu biscoito, mostrando sem pudor que lhe faltavam mais do que alguns dentes.

Depois do que pareceram horas, mas que na verdade deveriam ter sido minutos, o reverendo perguntou educadamente se a visitante gostaria de tomar mais chá.

— Céus, senhor, minha barriga está prestes a explodir. Talvez só mais um biscoito…

Nesse momento, Temperança foi mandada para o quarto enquanto o pai acertava os detalhes de seu triste destino.

Uma hora depois, viu pela janela de seu quarto a visita ir embora e esperou pela decisão do reverendo enquanto ficava cada vez mais enjoada. Sentia um nó no estômago, a ponto de temer voltar a ver o biscoito que comera. Quando as sombras no quarto começaram a se alongar, finalmente ouviu alguém subindo as escadas. Depois de uma batida de leve, seu pai entrou no quarto e a informou de forma ríspida que suas aulas começariam imediatamente. Ela deveria comparecer à residência de Lady Fotheringale no dia seguinte, às onze da manhã, mas, até lá, permaneceria no quarto, onde o reverendo sugeriu que ela passasse o tempo conversando com o Todo-Poderoso a respeito das consequências de seu comportamento sem limites.

Sua filha simplesmente o encarou em silêncio e, por um segundo, ao ver a expressão de desespero dela, ele parecia prestes a voltar atrás, mas continuou firme. Controlando-se, ele murmurou que a culpa era toda dela e saiu correndo do quarto.

Ela não se mexeu, continuou encarando o lado de fora da janela enquanto escurecia. Ouvia suas irmãs se preparando para o jantar. Ninguém se aventurava a entrar no quarto, embora o dividisse com as gêmeas Confiança e Esperança, que tinham a idade próxima da sua. Sem dúvida, tinham recebido ordens para não falar com ela. Bem quando pensou que havia sido abandonada por todos, ouviu uma voz baixa do lado de fora da porta fechada. Parecia ser Confiança, mas não tinha certeza. Quem quer que fosse, prometeu lhe trazer o jantar assim que conseguisse sair da mesa.

Temperança não respondeu. Nunca, em toda a sua vida, havia se sentido tão infeliz. A ideia de passar um único dia na companhia daquela mulher lhe dava repulsa, mas ela não tinha ideia do que fazer. Sua cabeça girava e não encontrava uma saída.

Poderia enviar uma carta para Graça, implorando para que a irmã a acolhesse. O problema era que o duque também estava na residência no momento. Se ele estivesse fora, administrando suas outras propriedades, tinha certeza de que a irmã permitiria que ela ficasse lá. Contudo, temia que o duque simplesmente a mandasse para casa, e talvez ainda lhe desse uma lição de moral. Ela também sabia que estavam com hóspedes. De fato, ela havia sido convidada para um pequeno sarau no dia seguinte, junto com Confiança e Esperança. Talvez então pudesse falar com Graça e implorar sua ajuda. Temperança mordeu o lábio e encostou a cabeça no vidro frio. Na verdade, as chances de ela conseguir falar com a irmã a sós eram mínimas. E, de qualquer forma, seu pai estaria lá. O problema era que ela tinha uma sensação terrível de que, se Lady

Fotheringale conseguisse colocar suas garras nela, não conseguiria se ver livre tão cedo.

Os últimos vestígios de um glorioso pôr do sol brilhavam laranja no horizonte. Ela via espirais de fumaça saindo no frio das casas do vilarejo e, além delas, as chaminés da mansão do duque. Será que conseguiria falar com Graça esta noite? Ela se sentou, seus pensamentos tomados por essa possibilidade.

O jantar em Blackmore provavelmente seria servido muito mais tarde do que na paróquia, e sua única oportunidade viria quando as damas deixassem os cavalheiros para tomar um cálice de vinho do Porto após o jantar. Se programasse sua visita com cuidado, teria a oportunidade de falar com Graça e explicar seu lado enquanto o duque estivesse ocupado. Talvez, se ela já soubesse quem era Lady Fotheringale, entendesse a urgência da situação de sua irmã e pudesse transmitir isso ao marido. Era certo que, se o duque tivesse a oportunidade de passar mais do que alguns minutos com a futura tutora, também ficaria horrorizado e, com sorte, decidiria intervir.

Ela olhou mais uma vez pela janela. O tempo estava bastante agradável durante o dia e não havia motivo para suspeitar de que pioraria. Se caminhasse rápido, não levaria mais do que uma hora para chegar à casa do duque, ainda mais se atravessasse os campos. Havia chovido muito pouco, então suas botas normais de caminhada serviriam.

Mais animada do que nunca desde que fora responsável por deixar Ebenezer Brown de cama, Temperança acendeu algumas velas e começou a pegar algumas roupas quentes. Uma batida repentina na porta a fez parar.

— Sou eu. Confiança. — Uma voz sussurrada entrou pelo buraco da fechadura antes que ela tivesse tempo de perguntar quem era. Abriu a porta para a irmã entrar, fechando-a rápido em seguida.

Confiança desembrulhou o pano que continha um pouco de pão e queijo. — Não é muito, mas ao menos não vai passar fome — comentou. A compreensão na voz dela fez com que Temperança engolisse em seco para não chorar.

— O que o papai disse para vocês? — perguntou ela, determinada a não sucumbir a uma choradeira tola.

— Apenas que uma nobre dama do vilarejo lhe ensinaria boas maneiras — respondeu Confiança —, mas, para falar a verdade, não sabia da existência de nobres damas no vilarejo, apenas aquela mulher estranha com um chapéu mais estranho ainda que diz ser uma baronesa. — Ela ofegou e bateu com a mão na boca. — Ah, não, Tempy, ele não poderia... não *faria* isso.

Temperança se sentou em sua cama:

— Ele poderia, e fez — respondeu ela, cheia de tristeza.

— Mas ela é uma mulher hedionda. Sua reputação jamais se recuperará. Como diabos papai pôde pensar em fazer uma coisa dessas? Entendo que ele queira censurá-la, querida irmã. Na verdade, seu comportamento ultimamente não tem sido nada exemplar, até mesmo para você...

Temperança deu uma bufada sonora nada digna de uma dama:

— Não fui eu que chamei William Bale de topetudo maldito — foi tudo o que disse, e Confiança mudou de cor em resposta.

— Sim, bem, não sou eu que estou com problemas — retrucou a irmã.

— Eu sei, tem razão — admitiu Temperança. — Preciso falar com Graça. Pedir a ela que tente convencer o duque a me ajudar. Se Nicholas intervir, papai não ousará continuar com essa maluquice.

Confiança ergueu as sobrancelhas e disse com rispidez:

— Não sei se a solução de Sua Graça para o seu problema será melhor que a do papai.

— *Qualquer* coisa é melhor do que ter que passar quase o dia todo com aquela… aquela… monstra — declarou Temperança com veemência. — Pretendo visitar Graça hoje à noite.

— Esta noite? Não, Tempy — protestou Confiança. — Já está escuro. Pode acontecer de tudo com você. Pode acabar se metendo em uma encrenca dos diabos.

— Já estou em uma — murmurou Temperança, levantando-se. — Tenho que tentar falar com Graça ainda hoje. — Ela fez uma pausa e franziu a testa. — Eu… não sei explicar, mas sei que não posso esperar até depois de ter ido à casa de Lady Fotheringale.

— Não precisa se explicar — respondeu a irmã com um estremecimento. — Também não suportaria passar nem mesmo alguns minutos com a senhora do chapéu horroroso.

— Na verdade, é mais do que isso. Há algo nela, Confiança, algo que me dá arrepios. Por favor, não conte ao papai que saí, está bem?

Confiança olhou para as feições angustiadas da irmã e suspirou:

— Está bem, não vou contar. Mas não deixe que nossas irmãs a vejam. Elas logo irão contar para ele.

— Não deixarei que ninguém me veja — respondeu Temperança, cobrindo-se com um manto de lã. — Se há algo em que nós, da família Shackleford, somos bons, é em nos esgueirar sem sermos vistos.

Capítulo 3

orde Ravenstone estava morto de cansaço. Cavalgou desde o amanhecer, na esperança de chegar à residência do duque de Blackmore antes do anoitecer. Porém, agora estava pagando o preço pela loucura de forçar tanto seu cavalo. Uma pedra assolara a ferradura e por isso não conseguia mais correr. Adam não se atreveu a ir mais rápido para não perder o fiel animal.

— Idiota — murmurou para si mesmo enquanto guiava-o pelo campo onde escurecia. Blackmore ainda devia estar a uns oito quilômetros de distância, e o cavalo não aguentaria continuar por muito mais tempo. Passou a última meia hora à procura de uma casa habitada. No entanto, a única coisa que encontrou foram duas ruínas sombrias. O conde de Ravenstone precisava de um abrigo, e precisava disso para ontem.

De repente, avistou uma grande construção em meio à escuridão à sua direita. Desmontou Merlin e conduziu-o pelas rédeas até as grandes portas de madeira de um celeiro. Esfregando carinhosamente a cara dele, Adam o amarrou em um arbusto e foi ver se as portas estavam destrancadas. Teve sorte. Embora a grande entrada — que sem dúvida fora projetada para receber um veículo puxado por cavalos — estivesse firmemente trancada com cadeado, havia uma pequena abertura adicional que estava aberta. O conde abaixou a cabeça, entrou e esperou que seus olhos se ajustassem ao breu. O interior parecia estar seco e vazio. No entanto, havia um pouco de feno empilhado em um dos lados, que não parecia ser muito velho. Embora Adam tivesse grãos suficientes para alimentar o cavalo, poderia esfregar o animal com palha até que se deitasse para descansar.

Satisfeito, ele saiu novamente, observando com uma careta que a luz da lua, tão brilhante antes, agora estava coberta por nuvens densas. Soltando as rédeas de Merlin, sentiu as primeiras gotas de chuva e agradeceu a quem quer que estivesse ouvindo por ter encontrado o celeiro bem a tempo. Puxando suavemente, ele persuadiu o garanhão a entrar pela porta baixa. A confiança entre os dois era tanta que Merlin seguiria seu mestre até as entranhas do inferno, se assim fosse guiado.

Dez minutos depois, havia tirado a sela e as rédeas do cavalo e estava esfregando-o com a palha. Embora estivesse muito escuro para ver a pedra alojada na ferradura de Merlin, Adam fez o possível para deixar o amigo o mais confortável possível e terminou dando um saco de grãos para ele comer.

Depois de cuidar do animal, Adam empilhou um pouco de feno para fazer uma cama improvisada e sentou-se com um suspiro. De dentro da bolsa de sela, tirou os restos de um piquenique fornecido pela hospedaria e mordeu uma maçã velha. Sua única escolha parecia ser passar a noite ali. Pela manhã, percorreria o resto do caminho até Blackmore a pé. Ele balançou a cabeça com pesar. Pensou que ganharia tempo, mas, nesse ritmo, seu valete, que seguia na carruagem, chegaria antes dele. Reprimiu a preocupação com a mãe. A Condessa Viúva estava, sem dúvida, desfrutando de um excelente jantar em uma companhia agradável.

Aos poucos, ele se deu conta de um som estrondoso acima de sua cabeça. Pelo visto, encontrara o abrigo na hora certa. A chuva estava batendo no telhado do celeiro e houve um clarão repentino, seguido de um forte trovão. Merlin levantou a cabeça e soltou um relincho nervoso.

— Calma, garoto — Adam murmurou, levantando-se para acariciar o animal gentilmente. — Estamos seguros e secos aqui, não há nada a temer.

As damas casadouras da alta sociedade teriam dado a mão direita e possivelmente alguns dedos do pé para que o indiferente conde de Ravenstone falasse com elas no mesmo tom com que falava com seu cavalo, mas a única mulher que recebera essas palavras doces fora sua amante.

Marie Levant era uma beldade: alta, voluptuosa e de cabelos louros, havia recebido um grande número de ofertas de cavalheiros ricos e titulados antes de decidir ficar com Adam Colbourne. Ela disse para seus colegas artistas:

— O conde de Ravenstone pode parecer frio e inacessível fora do quarto, mas ele mais do que compensa isso na cama.

Adam se sentou outra vez e tentou se acomodar para passar a noite. A temperatura havia despencado com a mudança do tempo, mas, por sorte, havia alguns cobertores de cavalo com os quais pôde se enrolar. Torcendo o nariz, não pôde deixar de sorrir, pensando na entrada nada perfumada que faria em Blackmore no dia seguinte. Ele se enterrou ainda mais no feno em um esforço para se aquecer e, com um suspiro cansado, começou a adormecer. No entanto, antes que pudesse cair em um sono profundo, houve uma movimentação repentina do lado de fora do celeiro. Sentando-se, viu quando alguém tentou abrir as grandes portas, claramente sem perceber que havia uma entrada menor. Era apenas uma questão de tempo até que quem quer que fosse fizesse essa descoberta. Sem fazer barulho, Adam tirou a pistola do coldre, colocando a arma no chão ao seu lado enquanto esperava.

Por fim, conforme imaginara, a pessoa descobriu a porta estreita. Abrindo-a, o estranho entrou no celeiro aos tropeços, junto com alguns palavrões de tão baixo calão que assustariam até os que estavam acostumados a frequentar as docas de Londres. Franzindo a testa, Adam ficou onde estava e pegou a pistola, apontando-a para o intruso.

— Não se mova — ordenou em um tom frio e ameaçador quando a pessoa finalmente parou de xingar.

Houve um som de susto quando a figura sombria se virou para a fonte da voz sem corpo. Bem devagar, Adam se levantou.

— Falei para ficar onde está — ele repetiu quando a pessoa começou a se mover. A sombra parou. — Quem é você? — perguntou ele.

Não houve resposta, e Adam endireitou a postura, preparando-se para um possível confronto.

— Eu lhe perguntei seu nome. — Ele mudou um pouco o tom, na esperança de evitar qualquer derramamento de sangue. Ouviu a pessoa respirar fundo antes de puxar para trás o capuz, que até então havia feito um excelente trabalho para proteger sua identidade. Diante da visão à sua frente, Adam baixou a pistola, incrédulo.

— Eu é que pergunto — disse a figura, irritada. — Quem diabos é você?

Aquele linguajar obsceno era de uma mulher.

Enquanto caminhava rápido pela rua, Temperança parabenizou a si mesma. Fugiu da paróquia sem que ninguém, exceto Confiança, soubesse de nada. As duas criaram um amontoado sob as roupas de cama de Temperança, bastante verídico para enganar Esperança quando ela finalmente resolvesse ir dormir, embora, como Confiança comentou, fosse improvável que a enganassem por muito tempo. De todas as irmãs, Esperança era a mais desconfiada e a que tinha maior tendência a esperar que as coisas acabassem mal. Ela não aceitaria as garantias da irmã gêmea de que sua irmã mais velha sempre soube como se cuidar. Temperança não pôde deixar de se perguntar o que seus pais tinham na cabeça quando se tratava de dar nomes aos filhos. Talvez tenha sido uma grande brincadeira do Todo-Poderoso.

Balançando a cabeça diante de suas reflexões tolas, ela voltou sua atenção para o presente. Se continuasse nesse ritmo, certamente chegaria a Blackmore quando o jantar estivesse terminando, o que era perfeito. Espiou por cima das sebes em ambos os lados, procurando a abertura que ela e suas irmãs geralmente usavam quando procuravam um atalho para a casa dos duques. Tremendo, Tempy cobriu ainda mais o rosto com o capuz. Era sua imaginação ou agora estava mais frio do que quando ela começou a andar? Ao olhar para o céu, Temperança sentiu o primeiro sinal de inquietação. A lua, tão brilhante antes, havia se escondido atrás de nuvens pesadas, tornando muito mais difícil distinguir seus arredores.

Para seu alívio, encontrou a abertura na sebe alguns minutos depois e não perdeu tempo em pular o portão. Não pôde deixar de pensar que, se o pai a visse agora, provavelmente a trancaria no quarto e jogaria a chave fora.

Determinada, Temperança deixou os pensamentos relacionados ao reverendo de lado. Precisava impedir que sua mente divagasse. Se não se concentrasse no que estava fazendo poderia acabar se perdendo.

Mantendo-se à direita de um bosque de árvores ao longe, saiu correndo. O silêncio era absoluto, e ela se viu desejando ter Freddy como companhia.

Inevitavelmente, seus pensamentos se voltaram para as duas opções que lhe restavam. Ambas eram igualmente horríveis, embora ela tivesse que admitir que consideraria Percy como pretendente se isso significasse evitar passar o seu tempo com a odiosa Gertrude Fotheringale. Não pôde deixar de dar uma risadinha, imaginando a cara de Percy se o pai dela tentasse casá-los. Temperança não tinha dúvidas de que o coadjutor ficaria tão apavorado quanto ela.

Ainda assim, Temperança disse a si mesma que o reverendo só consideraria Percy como último recurso. Ela bem sabia que, assim como sua irmã, seu pai precisava que ela se casasse bem para que houvesse dinheiro suficiente nos cofres de Anthony, embora, claramente, ele não fizesse ideia de como fazer esse casamento acontecer.

Graça havia encontrado sua cara metade, o duque de Blackmore. Certamente havia um cavalheiro em algum lugar que não se oporia a ter uma esposa com uma personalidade forte, não? Ao contrário de Graça antes de conhecer Nicholas Sinclair, Temperança não era avessa ao casamento, só era realista o suficiente para perceber que suas escolhas eram limitadas, mas queria alguém que pudesse perdoar seu gênio forte e às vezes impetuoso e, talvez, até mesmo desfrutar de uma união mais animada. Alguém que não esperasse que ela se anulasse por completo e ficasse trancafiada sozinha no quarto, a não ser quando fosse necessário para produzir um herdeiro.

Ao tropeçar em uma pedra, Temperança voltou a se concentrar no presente. Para seu pesar, havia se desviado para a esquerda do bosque distante e, murmurando um xingamento, parou para se orientar.

Foi quando as primeiras gotas de chuva começaram a cair.

Dez minutos depois, ela estava pingando. Conseguiu chegar à copa das árvores assim que o primeiro relâmpago iluminou o céu. Pulando, olhou em volta desesperada. Não podia ficar sob o abrigo das árvores. Limpando a chuva dos olhos, ela saiu de baixo de sua cobertura pouco eficaz e finalmente viu um contorno mais escuro no final do campo ao lado. Era um grande celeiro que já vira várias vezes. Até onde ela sabia, era parte da propriedade do duque, mas, naquele exato momento, poderia ter pertencido ao próprio Lúcifer que ela não se importaria.

Puxou o capuz sobre a cabeça e foi pela borda do campo, ganhando um pouco de proteção da sebe ao seu lado. Em algum momento, sabia que teria de deixar a cobertura da cerca viva e sair para o campo aberto, caso contrário, levaria o dobro do tempo para chegar ao abrigo. Houve outro relâmpago, e ela sem querer soltou um grito e tropeçou, quase caindo na vala que corria ao lado da sebe.

De joelhos, apertou os olhos diante da chuva torrencial e soube que era agora ou nunca. Caso não conseguisse se abrigar logo, pouco importaria se Graça a acolheria ou não, pois poderia muito bem ter quebrado os malditos dedos dos pés. Não pôde deixar de pensar que talvez sua morte inesperada resolvesse o problema de todos.

Levantando-se com dificuldade, Temperança escorregou e deslizou em direção ao contorno sombrio do celeiro. Suas botas estavam encharcadas de lama a ponto de ficarem duas vezes mais pesadas, e ela mal conseguiu se manter de pé. Manteve os olhos no prédio imponente à sua frente e — depois do que pareceram horas — finalmente chegou ao celeiro.

Teve vontade de irromper em lágrimas quando puxou e empurrou desesperadamente as grandes portas, que, apesar de seus esforços, não cederam um centímetro sequer. Foi então que, prestes a desistir, viu uma pequena porta à direita. Murmurando um repertório de lindos palavrões que aprendera ao longo dos anos com o cavalariço, ela se inclinou e se esforçou para abrir a trava, conseguindo finalmente abrir a porta.

Enquanto cambaleava para o interior escuro, Temperança acabara de soltar um suspiro de alívio quando uma voz masculina gélida atravessou a escuridão.

Era tão ridículo que teve vontade de cair na gargalhada. Pelo andar da carruagem até agora, é claro que estava fadada a se deparar com mais alguma desgraça. Estava com tanto frio e molhada que o patife poderia matá-la com um tiro que não daria a mínima. Quem quer que ele fosse, poderia ir para o diabo, no que lhe dizia respeito. Puxando o capuz, ela se ergueu e soltou com raiva:

— Eu é que pergunto. Quem diabos é você?

Um silêncio se estendeu e, à medida que sua ira previsivelmente esfriava, Temperança sentiu os primeiros sinais de medo na boca do estômago. Bem quando ela tinha a certeza de que estava prestes a encontrar seu Criador, a figura sombria deu um passo à frente.

— Madame, não faço ideia de quem seja — comentou a figura —, mas, dadas as circunstâncias, creio que seria melhor se acalmar.

Temperança soltou um suspiro que não sabia que estava prendendo. Sua maneira de falar era de um homem de alta estirpe, portanto, quem quer que fosse, ao menos parecia ser um cavalheiro.

— Peço desculpas pela minha irritação, senhor — respondeu ela após alguns segundos. — É claro que não esperava que houvesse alguém no celeiro, caso contrário teria escolhido outro abrigo.

A figura sombria bufou:

— Duvido que encontraria outro lugar. Passei mais de uma hora procurando um refúgio para passar a noite e esta foi a única construção com algo parecido com um telhado que encontrei.

Ela franziu a testa:

— O senhor não é do sul de Devon, presumo, do contrário saberia que a vila de Blackmore fica a menos de meia hora andando daqui. — Ela fez um esforço para manter a voz agradável, mas reservada. A precariedade de sua situação estava se tornando mais óbvia a cada minuto.

Ela não era nenhuma cabeça de vento e, leitora ávida das colunas de mexericos que descreviam — com detalhes escandalosos — as peripécias de muitos dos filhos de nobres da alta sociedade, sabia muito bem que sua virtude poderia estar por um fio bem fininho. E se esse *cavalheiro* não fosse da região, não saberia quem era a família dela e não teria motivos para controlar seus instintos primitivos. Seu coração começou a bater forte. Talvez ele conhecesse o duque de Blackmore. Desde que acreditasse nela quando lhe dissesse ser parente dele, poderia muito bem se abster de arrebatá-la. Ela abriu a boca para falar outra vez, mas o estranho o fez primeiro.

— Sei o que está pensando, madame, mas pode ter certeza de que não pretendo lhe fazer mal, tampouco tenho interesse em descobrir o motivo de sua aparição repentina. Com sua permissão, simplesmente passaremos a noite fora da tempestade e, pela manhã, seguiremos nossos rumos.

Temperança deu um suspiro de alívio e, ao fazê-lo, deu-se conta de seu estado: estava molhada, com frio e não tinha como se secar. O celeiro, embora servisse de abrigo, não parecia ter mais nada que o tornasse um local agradável. Ela olhou em volta, tremendo de frio.

Seu companheiro mais uma vez veio socorrê-la:

— Fiz uma cama bem confortável no canto ao lado do meu cavalo — comentou ele, claramente tomando o cuidado de manter seu tom de voz imparcial —, e tenho dois cobertores. Pode ficar com os dois. Dormirei do outro lado do celeiro.

— Obrigada — murmurou Temperança, realmente grata. Ela deu um passo à frente e parou incerta no escuro. A figura à sua frente, que antes era indistinta, agora havia desaparecido. — Receio que consiga ver muito pouco, senhor, não tenho certeza para onde ir.

Houve um suspiro à sua direita.

— Siga o som da minha voz — pediu seu companheiro com uma exasperação cansada. Engolindo em seco, Temperança deu um passo hesitante em direção à voz sem rosto que a incitava a seguir em frente. Ela podia ouvir o relinchar suave do cavalo e se consolou com o fato de que ele parecia, ao menos, se importar com o animal. Aos poucos, começou a ver as formas na escuridão e, grata pela oportunidade de finalmente se aquecer, apertou o passo, mas acabou caindo para a frente depois de tropeçar em um objeto no chão.

Soltando um palavrão, o estranho deu um passo à frente e a pegou em seus braços antes que ela caísse de cara no chão imundo.

Temperança nunca havia sido abraçada por um membro do sexo oposto e, por um segundo, ficou maravilhada com o calor rijo do corpo que a segurava. Em seguida, tomou consciência do cheiro tentador de suor puramente masculino e um aroma cítrico que a cercavam. Desconcertada, ela respirou fundo e sentiu um estranho formigamento no corpo como nunca sentira antes.

— Madame — uma voz seca sussurrou em seu ouvido —, embora não tenha dúvidas de que em circunstâncias normais a senhora me daria um abraço tentador, gostaria de lembrá-la de que está encharcada e, como em breve terá acesso a todos os meus cobertores, prefiro não passar a noite tremendo com roupas úmidas.

Temperança congelou por um segundo antes de dar um passo rápido para trás. Morrendo de vergonha, ficou muito grata por ele não ter visto o rubor em suas bochechas e não ter percebido sua reação inexplicável à sua proximidade.

— Perdoe a minha falta de jeito, senhor — disse ela apressadamente. — Fico muito grata por sua gentileza e tentarei não… não… — ela fez uma pausa, enrolando-se com as palavras. *Tentarei não fazer o quê?*, pensou ela, um pouco nervosa. *Me jogar de volta em seus braços? Pelo amor de Deus, eu nem sei como ele é.*

Ela se deu conta de que o objeto de seus pensamentos estava esperando pacientemente que ela terminasse.

— Não o incomodar outra vez — concluiu ela, sua voz fraca.

Com um suspiro, ele se afastou:

— A cama e os cobertores estão bem à sua frente, madame. — Foi sua resposta educada. — Sinta-se à vontade para me *incomodar* caso precise. Agora, como não tenho dúvidas de que está tão exausta quanto eu, vou lhe dar boa-noite.

Ela o viu inclinar a cabeça de leve e em seguida sumir na escuridão. Com o coração ainda batendo descompassado, deu um passo à frente e se afundou na palha que a pinicou, enrolando com gratidão os dois cobertores em volta do corpo frio e se enterrando no feno o mais fundo possível. Ela não pensou no que mais poderia haver na palha — ela não era uma dama e essa não era a primeira vez que passava a noite dormindo em outro lugar que não fosse sua cama. Em vez disso, seus pensamentos se concentraram inteiramente na reação do arrebatador em potencial. Podia ouvi-lo se movimentando baixinho, obviamente tentando ficar o mais confortável possível.

Será que ela era uma *dessas* mulheres? Ela se lembrou das palavras de Ebenezer Brown:

— Você não passa de uma maldita rameira, Temperança Shackleford. Homem nenhum que pense com o cérebro em vez com o que tem dentro das calças iria querer ter uma megera como você na cama.

Temperança sabia muito bem o significado da palavra megera, embora tenha ficado surpresa ao saber que seu acusador também soubesse. No fundo, não pôde deixar de pensar que essa era uma descrição adequada para ela. Mas ele a havia chamado de rameira. Até onde ela sabia, significava uma mulher de má reputação e alguém que realmente *gostava* de fazer o que quer que as mulheres faziam com os cavalheiros. Ela franziu o cenho na escuridão, pois esperava, ainda que improvável, que não fosse uma daquelas mulheres lamentáveis. Aquelas de quem se fala em sussurros e que são proibidas de entrar em qualquer sala de visitas respeitável.

Uma mulher decaída...

Capítulo 4

Reverendo Shackleford olhava com tristeza para as profundezas âmbares de sua caneca. Não era de seu feitio frequentar o Red Lion à noite. Em circunstâncias normais, ele se contentaria em tomar um copo de conhaque no escritório, na maioria das vezes, acompanhado por Percy e sempre por Freddy. No entanto, nesta noite, seu coadjutor tinha *outros assuntos* a tratar, dos quais o reverendo nada sabia, já que Percy ficou estranhamente calado quanto ao que exatamente eram estes *outros assuntos*.

Deixado com seu cão de caça — que dormia feito uma pedra — como sua única companhia, os pensamentos do reverendo se voltaram inevitavelmente para Temperança. Por mais que tentasse, não conseguia tirar da cabeça a visão do rosto angustiado dela. Mesmo que fosse a única culpada por seu infortúnio, ela ainda era sua filha e, à sua maneira, ele a amava. De fato, a verdade é que Augusto Shackleford se importava com todos os seus filhos, embora não soubesse bem como demonstrar isso; mas não podia negar que até agora eles só haviam trazido problemas. E aqui estava ele, todo sentimental.

Na falta de um ouvido compreensivo, o reverendo decidiu levar Freddy para passear. Talvez uma companhia animada no Red Lion fosse suficiente para tirá-lo de sua melancolia. Para o seu azar, depois de sentar-se em seu canto favorito, o reverendo olhou em volta da hospedaria quase deserta e lembrou-se de que amanhã era dia de mercado em Totnes, cidade vizinha. Sem dúvida, os homens estavam ocupados polindo seus nabos.

Deixado mais uma vez sozinho com suas deliberações silenciosas, os pensamentos do reverendo Shackleford voltaram-se para Gertrude Fotheringale. Na verdade, ele suspeitava que Temperança tivesse razão. Com certeza havia algo muito estranho naquela mulher. O problema é que ela conseguira lhe arrancar dez libras. Ele não tinha certeza de como isso tinha acontecido. Disse que se tratava apenas de uma ninharia para garantir que não assumisse a educação delicada de nenhuma outra dama do vilarejo ao mesmo tempo. Até então não lhe parecia nada demais, mas o reverendo não achava que houvesse outras jovens damas no vilarejo que pudessem precisar de seus serviços.

Portanto, agora ele não tinha como sair dessa, e Percy, que no geral era seu fiel confidente, tinha outros assuntos a tratar. Após um suspiro, Augusto Shackleford tomou um gole demorado de sua cerveja, enquanto pensava no que fazer. É claro que ele poderia simplesmente informar a Lady Fotheringale que não precisaria mais dos serviços dela e pedir a devolução do dinheiro. No entanto, só de pensar em ter de bater boca com aquela mulher, uma sensação estranha o assolava. Como não era dado a fazer introspecções tão profundas, o reverendo não sabia dizer exatamente o que havia nela que o fazia hesitar. Sem dúvida, ela era mal-apessoada, mas isso por si só não era algo ruim, já que era menos provável que fosse uma má influência para a filha com aquela cara de tribufu.

Não, era mais a maneira como ela o olhava. Apesar de seus modos alegres, os olhos dela estavam sempre fixos e atentos.

Com um pulo, o reverendo finalmente se deu conta do que ela o fazia se lembrar.

Gertrude Fotheringale o lembrava de uma grande aranha gorda, apenas esperando que ele desse um passo em falso e ficasse irremediavelmente enredado em sua teia.

Lorde Ravenstone se revirava na cama dura. Com frio e irritado, começou a se desesperar com a possibilidade de não conseguir dormir. Para piorar a situação, podia ouvir o ronco suave da companheira inesperada do outro lado do celeiro.

— Maldição, que inferno — murmurou para si mesmo. — É nisso que dá ser cavalheiresco demais.

Com dor de cabeça, tentou enfiar mais palha sob o ombro que estava no chão. Por que diabos dera a ela os dois cobertores? Franzindo o cenho, se perguntou quanto faltava para o amanhecer. A tempestade diminuíra, mas o barulho distante da chuva batendo no telhado começava a ecoar dentro da sua cabeça.

Por fim, virando-se de costas, Adam apoiou a cabeça nas mãos e ficou encarando a escuridão, finalmente aceitando que não dormiria nada aquela noite. Normalmente, dormia como uma pedra, não importava onde estivesse, e seu cansaço ao chegar ao celeiro era tanto que nenhum desconforto deveria impedi-lo de cair em um sono profundo. Com uma careta, reconheceu com relutância o que o estava mantendo acordado, lembrando-se da sensação de dedos leves acariciando seu pescoço, da respiração suave em seu ouvido e do cheiro delicado de rosas recém-abertas. Nem mesmo a umidade gelada das roupas dela conseguiu conter a onda de desejo totalmente inesperada que o invadiu quando a moça caiu em seus braços.

O que diabos havia de errado com ele? Não era um rapazote virgem para ficar excitado com o mero toque de uma mulher, especialmente uma cujo rosto ele nem sequer tinha visto. Seus pensamentos voaram para sua amante. Marie era uma especialista na arte de fazer amor, sabia exatamente como levar um homem ao ápice do desejo. Tinha o rosto e o corpo de uma escultura renascentista e, até onde sabia, pelo menos um homem lutara em um duelo por ela.

Porém, com toda a sua exímia habilidade, nunca o toque de seu corpo voluptuoso fez com que uma onda instantânea de luxúria o percorresse, deixando-o duro e dolorido. Adam comprimiu os lábios. Talvez devesse ter jogado a desconhecida no chão e a tomado quando teve a chance. Deus sabe que ela estava à procura de problemas ao sair sozinha no meio da maldita noite. Teria sido ela a culpada se encontrasse mais do que viera procurar.

Praguejando outra vez, Adam resolveu colocar um ponto-final naquelas ideias. Que diabos estava pensando? Nunca, em toda a sua vida, tocou uma mulher que não quisesse ser realmente tocada. Na verdade, nunca precisou disso, mas só de pensar em forçar uma mulher contra a sua vontade sentia repulsa de si mesmo.

Até agora.

Ele resmungou, se virou de lado outra vez e então resolveu ir embora assim que o sol raiasse. Quanto antes saísse, mais cedo ele poderia deixar todo esse incidente para trás e esquecer a sensação de ter aquela mulher desconhecida em seus braços.

Para o seu azar, no entanto, não tinha certeza se o cheiro de rosas frescas deixaria de assombrá-lo.

As sombras estavam apenas começando a se dispersar quando Adam finalmente saiu de sua cama improvisada, resmungando — dessa vez por outros motivos. Seu corpo todo doía. Aos trinta e três anos, estava ficando velho demais para dormir na rua, ou melhor, seu corpo estava acostumado demais a dormir em uma cama macia. Não pôde deixar de pensar que talvez uma ou duas horas no Clube de Boxe

Gentleman Jack's toda semana não fossem suficientes para manter seu corpo em boa condição. Espreguiçando-se, olhou para o motivo pelo qual não havia dormido. Sua mulher misteriosa estava acomodada em sua pilha de feno, e tudo o que ele conseguia ver na escuridão era o topo da cabeça dela.

Merlin relinchou baixinho, desviando sua atenção do objeto de sua luxúria inexplicável.

Ele se aproximou do cavalo e acariciou seu pescoço:

— Como está, rapaz? — sussurrou, enquanto o cavalo se aconchegava em sua mão. Abaixando-se, ele encontrou outra maçã na sacola, e Merlin bateu as patas no chão, ansioso, claramente satisfeito com a escolha de seu mestre para o café da manhã. Rindo baixinho, Adam permitiu que o animal pegasse a fruta e o deixou mastigando alegremente enquanto dava uma olhada lá fora e cuidava de suas necessidades matinais.

Ele se afastou do celeiro para garantir a privacidade e, quando terminou, passou alguns minutos apreciando os primeiros raios de sol no horizonte. Olhando ao seu redor para a beleza sossegada das colinas de Devonshire, foi invadido por uma sensação de paz incomum. Fazia muito tempo que ele não tinha motivos para ver o sol nascer. A agitação constante de Londres o incentivava a trabalhar até muito mais tarde. Era mais provável que ele pegasse o amanhecer a caminho de casa do que se levantasse cedo. Talvez fosse a hora de visitar sua propriedade em Wiltshire. Respirando fundo, balançou a cabeça para espairecer. Agora não era hora para reflexões filosóficas.

Virando-se, ele voltou para dentro do celeiro, apenas para parar e olhar curiosamente a mulher que agora estava sentada e ocupada retirando pedaços de palha de seu corpo. Além da cor do cabelo dela, ainda não conseguia distinguir claramente suas feições.

— Espero que tenha dormido bem — comentou baixinho, arrancando um arfar dela ao perceber que ele não estava mais em sua cama no outro lado do celeiro.

— Não ouvi o senhor entrar — comentou ela, como se isso fosse culpa dele.

Adam deu de ombros:

— Se quiser ir fazer suas necessidades, há privacidade suficiente ao lado do celeiro, embora eu duvide que haja alguém por perto para vê-la a esta hora.

A dama ficou sentada por um segundo, obviamente pensando se poderia evitar o chamado constrangedor da natureza. Então, claramente tendo se decidido que não havia o que fazer, saiu com cuidado da pilha de feno e foi em direção à porta sem olhar para ele.

Adam resistiu à vontade de rir:

— Tenho café da manhã, se estiver com fome antes de ir embora — ele disse enquanto ela se afastava. Ela fez uma pausa, depois seguiu porta afora, deixando-o imaginar se ela realmente voltaria. Ele sentiu uma dor incomum ao pensar que nunca descobriria como ela era, mas em seguida se repreendeu por isso. Seria melhor se ela desaparecesse sem deixar rastro. Talvez assim ele pudesse se convencer de que aquilo tudo não passara de um sonho.

Com um suspiro, ele se aproximou de Merlin:

— Em breve você estará recuperado — murmurou, roçando o nariz do animal. Em seguida, foi até a pilha de feno e pegou seus dois cobertores. Além do cheiro de cavalo, havia o mesmo cheiro tentador de rosas e, para sua frustração, foi tomado pelo anseio desesperado da noite anterior. — Maldição — sussurrou para si mesmo.

— É um cavalo lindo. — Adam se virou ao ouvir a voz dela, sentindo-se exposto, como se ela pudesse adivinhar seus pensamentos.

— Pensei que já tivesse ido embora, madame — foi tudo o que ele disse.

Foi a vez de ela dar de ombros:

— Estou com fome — respondeu. — Logo chegarei em casa.

Ela não disse que temia o raiar do dia e que estava fazendo tudo o que podia para adiar o inevitável. Ou que, por alguma razão inexplicável, não pôde ir embora sem finalmente ver o rosto do seu companheiro da noite.

Adam, por sua vez, controlou-se para não perguntar onde ela morava. Em vez disso, ele pegou o saco e retirou o resto do piquenique do dia anterior:

— Pão e queijo — ele comentou, seu tom seco. — Um banquete dos deuses.

Ela pegou o sanduíche da mão dele e murmurou:

— Obrigada.

Seguiram-se alguns momentos de silêncio constrangedor enquanto ambos se concentravam no pão seco e no queijo duro. A luz adentrava o celeiro, afastando as sombras e, quando Temperança estava limpando as migalhas da saia, finalmente conseguiu enxergar com clareza. Respirando fundo, ela olhou para cima e encontrou os olhos daquele homem.

Eles se encararam em silêncio, nenhum deles disposto a admitir a curiosidade avassaladora que os dominara desde que haviam se abrigado ali.

Temperança, por sua vez, ficou sem ar. Era inegável que ele era o homem mais bonito que já vira. Os olhos dele, que a fitavam tão atentamente, eram de um cinza-claro, quase prateado; o cabelo tinha a cor de castanhas maduras. Ele era alto, bem acima de um metro e oitenta, e suas roupas — embora desarrumadas e sujas — eram claramente da melhor qualidade, o que o proclamava inequivocamente como um cavalheiro. Ela engoliu em seco e passou a língua pelos lábios, sentindo o coração martelar desconfortavelmente no peito.

Adam também estava fascinado pela visão inesperada que tinha diante de si. O cabelo escuro era cacheado e — onde havia escapado dos grampos — caía quase até a cintura. Havia manchas de sujeira no nariz e pescoço, mas a pele limpa que podia ver era bem pálida, os olhos de um azul brilhante e inquisitivo. Ele não conseguia ver a forma dela, escondida sob sua capa, mas não precisava vê-la — ele a sentiu na noite anterior. Ele respirou fundo, sem conseguir falar. O arrogante conde de Ravenstone não tinha ideia do que dizer, e o fato é que não conseguia se lembrar da última vez em que havia ficado sem palavras.

No final, Temperança falou primeiro:

— Creio que está na hora de eu ir embora — murmurou ela, hesitante. — Obrigada pelo café da manhã e... e pelo empréstimo dos cobertores. O senhor foi muito gentil. Dificilmente nos veremos outra vez.

Adam a observou partir, lutando contra uma vontade ridícula de implorar que ela ficasse. Que diabos havia de errado com ele? Por fim, tudo o que Adam disse quando ela se preparou para atravessar a porta foi:

— Tem certeza de que estará segura?

Para os ouvidos de Temperança, a voz dele soou ríspida, quase raivosa, e ela instintivamente respondeu com um tom gélido:

— Pode ter certeza, senhor, de que minha segurança não lhe diz respeito.

— Estava apenas preocupado com seu bem-estar, madame — ele respondeu, surpreso com a irritação dela.

Temerosa de que ele começasse a fazer perguntas que ela não tinha ideia de como responder, Temperança ergueu o queixo e se amparou na raiva, como de costume:

— Como não nos conhecemos, senhor, não me parece que seja da sua conta aonde eu vou ou o que eu faço — ela soltou, ríspida.

— Retiro o que eu disse, então — ele retrucou, começando a se irritar. — Asseguro-lhe que o que faz ou deixa de fazer pouco me importa, estava apenas sendo educado.

Dando-se conta de que estava sendo desnecessariamente grosseira, porém, agora, sem saber bem por quê, e incapaz de se livrar da irritação que a tomava em tantas de suas discussões, Temperança, como sempre, só piorou a situação:

— Ora, senhor, pois não me interessa saber se o senhor se importa ou não e a meu ver essas perguntas foram muito mal-educadas.

Ele arqueou uma sobrancelha arrogante que só serviu para aumentar a ira dela:

— Se meus modos são tão abomináveis para a madame — ele respondeu, ríspido —, pode ir embora, não vou segurá-la mais com minhas perguntas e preocupação.

Ao ouvir o desdém em sua voz, Temperança sentiu sua raiva começar a se dissipar. Por que, ah, por que não conseguia se controlar e acabava discutindo com todo mundo? Engolindo as lágrimas de frustração consigo mesma, manteve a cabeça erguida e fez uma breve reverência:

— De fato, senhor, creio que não temos mais nada a dizer — disse ela com frieza. — Tenha um bom-dia.

Sem esperar para ver a reação dele, abriu a porta e saiu. Envergonhada com seu próprio comportamento, enxugou as lágrimas de raiva e bateu com as botas sujas de lama no chão molhado para tirar um pouco da sujeira. Em seguida, endireitou a postura. De nada adiantaria perder tempo lamentando sua falta de educação com um cavalheiro sem nome. Já estava com um baita abacaxi para descascar antes disso. Erguendo as saias, atravessou o campo, decidida a focar o problema maior.

Se tivesse sorte, conseguiria chegar ao seu quarto sem ser vista. O sol ainda estava baixo no céu, e ela pensou que as únicas pessoas que poderiam estar acordadas seriam a criada, Lizzie, e a cozinheira, senhora Tomlinson. O cavalariço também poderia já estar acordado fazendo suas tarefas, mas ela sabia que ele não diria nada.

O problema gigantesco de Lady Fotheringale ainda não tinha sido resolvido, mas se conseguisse persuadir uma de suas irmãs mais novas a fingir estar doente, ela precisaria ficar em casa durante o dia. É claro que ela precisaria se certificar de que a doença não fosse muito grave, caso contrário, seria proibida de ir à festa do duque naquela noite para ficar em casa como cuidadora.

E, dado o desastre total e absoluto de sua última tentativa, essa poderia muito bem ser sua única oportunidade de contar com a ajuda de sua irmã mais velha.

Sem que pudesse controlar, seus pensamentos voltaram-se ao cavalheiro misterioso. Reconhecia que tinha sido excepcionalmente afortunada por ter escapado daquela peripécia com sua reputação intacta. Não que a reputação da filha de um vigário insuportavelmente mal-educada fosse muito importante para alguém da indiscutível alta estirpe dele — disso ela não tinha dúvidas —, mas, mesmo assim, se não quisesse ganhar fama como mercadoria danificada, teria de garantir que sua conduta fosse exemplar a partir de agora.

Capítulo 5

Quando Lorde Ravenstone chegou a Blackmore, Merlin estava mancando muito. A preocupação com o cavalo impediu que Adam pensasse nos acontecimentos surreais das últimas doze horas, e ele insistiu em ficar com o cavalo enquanto o cavalariço de Sua Graça tentava retirar o objeto e limpar o ferimento. Foi só quando um emplastro foi colocado com precisão na área afetada, para ajudar a evitar qualquer infecção, que Adam finalmente pôde respirar aliviado.

Deixando Merlin em boas mãos, seguiu para a casa principal. Olhando para si mesmo, refletiu com pesar que nem mesmo a própria mãe o reconheceria se o encontrasse naquele momento. Na verdade, se já não estivesse indisposta, provavelmente teria um ataque nervoso quando visse o estado do casaco dele.

Por sorte, parecia que seu valete havia chegado antes dele, e o duque já dera instruções para que o quarto do conde fosse arrumado. O mordomo educadamente o informou que, caso milorde quisesse, Sua Graça ficaria muito feliz se almoçasse com eles. Ao entrar no quarto amplo, Adam ficou muito grato ao ver um banho quente esperando por ele, e também seu valete, que já havia guardado seus pertences. Dez minutos depois, afundando com um suspiro de alívio na água fumegante, enfim relaxou e se permitiu pensar na mulher cabeça-quente que tanto perturbara seu sono.

Ela devia morar nas redondezas. De onde quer que tivesse vindo, estava a pé e obviamente esperava chegar ao seu destino em um horário razoável. Ele franziu a testa, tentando se lembrar do vestido dela. Até onde vira, já que estava completamente coberto de lama e sabe-se lá o que mais, era um traje feito por ela mesma — certamente não o vestido de uma dama. E nenhuma que ele conhecia estaria vagando sozinha pelo campo no escuro — mesmo sem a complicação adicional de uma tempestade.

Ele soltou um suspiro de frustração. Ainda estava longe de descobrir a verdade. Contudo, talvez fosse melhor se ele esquecesse aquilo. Seja lá quem a moça fosse, era improvável que a encontrasse outra vez.

Tentou ignorar a pequena voz em sua cabeça que o incitava a continuar sua busca. Na verdade, o conde de Ravenstone odiava aquele pensamento que parecia ter se incrustado na sua mente. O fato de a mulher não ser uma nobre seria bom para ele caso seu intuito fosse um único encontro fortuito e sem repercussões...

O almoço estava uma delícia e, como Adam já suspeitava, sua mãe parecia bem-disposta e animada. Não disse muito a ela quanto às suas artimanhas, mas seu olhar de advertência informou à Condessa Viúva, em termos inequívocos, que mais tarde acertariam as contas.

Para o duque e a duquesa de Blackmore, Lady Ravenstone apenas convidara o filho para ficar com ela ali por alguns dias, depois de obter a permissão de Sua Graça, é claro. O conde não esclareceu ao duque quanto aos pretextos de sua mãe, apenas se permitiu desfrutar da conversa animada e da companhia agradável. Apesar dos rumores de que Sua Graça, o duque de Blackmore, era um chato enfadonho, Adam o achava divertido e com um bom senso de humor. Ficou claro que era muito apaixonado por sua esposa, endossando o consenso da alta sociedade de que eles eram, de fato, um casal apaixonado.

Ele ouviu os mexericos, é claro, de que a duquesa de Blackmore era filha de um vigário do interior que causara vários problemas ao duque quando recém-casados, mas era óbvio para qualquer um que os visse que ela também amava o marido. Adam se viu encarando o casal enquanto riam e brincavam um com o outro, bem como com os convidados. Era uma situação tão diferente de qualquer casamento comum que ele já vira que ficou perplexo.

A única outra convidada presente durante o almoço era uma senhora de idade muito agradável chamada Lady Felicity Beaumont. Ela tinha um humor sarcástico e suas observações os fizeram rir em várias ocasiões. De fato, durante um relato em particular, Adam quase cuspiu sua sopa — uma ocorrência inédita até então. Aparentemente, ela fora a mentora e companheira de Graça quando a duquesa foi apresentada à alta sociedade e, desde então, continuaram muito amigas.

Enquanto Adam se esforçava para controlar uma gargalhada, Graça comentou, risonha:

— Os sábios conselhos de Lady Felicity serão extremamente necessários, certamente até que ela fique velha, grisalha e sem dentes, dado o fato de eu ser a mais velha de oito irmãs. — Ela olhou carinhosamente para a amiga. — E todas precisarem de seus sábios conselhos muito mais do que eu.

Adam ficou inquieto por um instante ao ouvir que Sua Graça tinha sete irmãs e, erguendo as sobrancelhas, olhou para a Condessa Viúva, que propositalmente evitava o olhar dele. Ele balançou a cabeça e tomou um gole de seu vinho. Sua mãe devia estar realmente desesperada se estivesse de olho nas filhas de um clérigo, mesmo que uma delas tivesse tido a sorte de fisgar um duque.

Aparentemente, três das irmãs compareceriam ao sarau daquela noite. A intenção da duquesa era apresentá-las à Lady Felicity, na esperança de que sua mentora concordasse em ensiná-las.

— Não todas ao mesmo tempo, é claro — comentou Graça, irônica. — Jamais submeteria minha amiga mais querida a tamanho choque. — Ela sorriu para Felicity: — E, é claro, ainda não falei com meu pai, mas tenho certeza de que ele não há de se opor à ideia.

O duque bufou, sua esposa lhe lançou um olhar fingindo reprovação em resposta. Adam percebeu a interação deles e deduziu que o pai da duquesa estaria mais do que disposto a concordar com esse plano. De fato, ele certamente entendia qualquer homem que desejasse se livrar da provação de lidar com oito filhas.

Aquele grupo reunido para o almoço se dispersou logo em seguida, pois o duque tinha assuntos da propriedade para tratar, e a duquesa pediu a Lady Felicity que a ajudasse nos preparativos para a apresentação da noite.

Quando Adam sugeriu que sua mãe o acompanhasse numa volta pelos jardins clássicos, a Condessa Viúva apressou-se em declarar um súbito cansaço, afirmando que não conseguiria tardar nem mais um segundo em se retirar para seu quarto e descansar. Lorde Ravenstone aceitou a desculpa dela com uma reverência breve e olhos estreitos, informando à sua mãe intrometida que ela não evitaria a ira dele por muito mais tempo.

Decidiu, em vez disso, visitar os estábulos para ver como estava Merlin. Adam se perguntou se deveria alegar outro compromisso em Londres ou talvez inventar um problema em sua propriedade em Wiltshire — qualquer um dos dois lhe daria uma boa desculpa para evitar a noite que se aproximava, na qual ele sem dúvida seria vítima das maquinações de sua mãe. *Contudo, ele pensou, enquanto caminhava em direção ao estábulo, não poderia, em sã consciência, deixar seu amado cavalo, mesmo que ele estivesse nas melhores mãos possíveis.* Ele e Merlin estavam juntos desde que o cavalo era um potro. Não só isso, ele não podia negar que realmente gostou do duque de Blackmore e de sua esposa e queria conhecê-los melhor.

Era mais do que capaz de frustrar as aspirações matrimoniais de sua mãe e, esta noite, sem dúvida, não seria diferente. Em vez de bater em retirada apressada, o conde de Ravenstone decidiu esperar um pouco e aproveitar os próximos dias.

Claro que nada tinha a ver com seu desejo de descobrir o paradeiro de uma linda mulher misteriosa e irascível que, até agora, ele não conseguia tirar da cabeça.

Temperança prometeu a Deus que nunca mais causaria uma preocupaçãozinha sequer ao pai se o Todo-Poderoso lhe permitisse chegar ao seu quarto sem ser vista.

Como ela viria a descobrir, prometer é fácil, difícil era cumprir a promessa.

Embora tivesse conseguido chegar ao quarto sem ter que explicar a ninguém o motivo de estar toda desgrenhada, não passou lá tão despercebida. Em sua ânsia de chegar ao refúgio de seu quarto, se esqueceu completamente de que Esperança e Confiança, sem dúvida, ainda estariam deitadas. Quando irrompeu pela porta, parecendo — para não dizer cheirando — uma velha pedinte imunda da praça do vilarejo, ela quase causou um ataque do coração em pelo menos uma de suas irmãs.

E a outra, ao se deparar com aquela visão, gritou:

— Socorro! — O mais alto que pôde.

Os minutos seguintes foram um caos, pois vários membros da casa vieram correndo. Para o seu azar, foi Esperança que deu um berro e, na paróquia, sua voz era a mais propensa a obter resultados quando se precisava de ajuda urgente.

Dentro de dez minutos, seu pai e todos os irmãos estavam reunidos no quarto. Na verdade, apesar de ainda estar com roupa de dormir, o reverendo carregava um antigo sabre, embora sabe-se lá o que ele pretendia fazer com aquilo, já que provavelmente foi usado pela última vez durante as Cruzadas.

Temperança mal teve tempo de esfregar uma flanela no rosto imundo, colocar uma touca no cabelo e pular para debaixo das roupas de cama antes de a porta se abrir outra vez para receber o primeiro possível salvador. Que, felizmente, era Freddy.

Enquanto uma multidão de passos subia as escadas e o patamar, Temperança se virou para suas irmãs desnorteadas e sibilou:

— Sou eu, suas lerdas. — E então se encolheu sob as cobertas, tentando deixar o mínimo possível de seu corpo à mostra. Para seu azar, como a falsa Temperança ainda estava enfiada debaixo das roupas de cama, parecia que ela havia dobrado de peso do dia para noite.

— Que diabos está acontecendo? — bradou o reverendo em meio ao caos, depois de verificar que ninguém corria o risco de perder a vida ou a honra.

Como era a mais rápida das gêmeas e obviamente já sabia que Temperança não passara a noite em sua cama, Confiança se apressou em tomar a frente:

— Desculpe-nos por incomodá-lo, papai, creio que Esperança acabou de acordar de um pesadelo. Tenho certeza de que ela não queria assustar a todos dessa forma. — Ela lançou um olhar significativo para a irmã, que ainda estava sentada na cama, estupefata.

Pureza e Generosa, o outro par de gêmeas ainda em idade escolar, lançaram um olhar desconfiado para Temperança do pé de sua cama. Embora não soubessem exatamente o que a irmã fizera para que a deixassem sem jantar ou por que Esperança gritara alto o suficiente para ser ouvida do outro lado do mundo, sabiam farejar uma história da carochinha.

E Temperança, sem dúvida, estava metida nisso.

O objeto de seu escrutínio as encarou de volta com olhos estreitos, alertando as gêmeas de que, se elas sequer pensassem em dedurá-la, sem dúvida se arrependeriam.

— Que barulheira infernal é essa? Minha cabeça está latejando. — Temperança nunca pensou que algum dia teria motivos para agradecer a aparição de sua madrasta, mas quando Agnes entrou, ainda vestida com roupa de dormir, touca e agitando melodramaticamente os sais embaixo do nariz, Temperança teve vontade de erguer a mão aos céus. Se alguma coisa poderia fazer seu pai sumir logo dali, era a entrada inesperada de sua esposa.

Com uma bufada alta, o reverendo parou de agitar seu sabre, pelo que Freddy ficou grato, e se virou para Agnes, que estava mesmo agora cambaleando de um jeito preocupante.

— Venha, minha querida — murmurou ele com cuidado e a pegou pelo braço. — Deixe-me levá-la de volta ao seu quarto. Depois pedirei que Lizzie lhe faça um chocolate quente. — Dito isso, ele a conduziu para fora com tanta rapidez que seus pés pareciam prestes a sair do chão. Quando a porta se fechou, Temperança deu um suspiro de alívio e se sentou.

Além da mesa de jantar, não era sempre que todas as irmãs tinham motivos para estar juntas no mesmo cômodo, principalmente porque essas raras ocasiões geralmente terminavam em brigas muito indecorosas. Só que, nesse caso, com a impressão de que alguma coisa estava acontecendo, as irmãs se voltaram todas para Temperança e esperaram...

Temperança olhou de volta para cada uma delas. Esperança e Confiança estavam prestes a completar dezoito anos e eram dotadas de uma feminilidade discutível; em seguida vinha Serena, que aos quatorze anos era o epítome de uma moleca; Generosa e Pureza, aos doze anos, eram observadoras demais para o seu gosto e, finalmente, Prudência, que com quase dez anos, era a mais nova das irmãs e, geralmente, era ignorada pelas mais velhas. Pelo menos Anthony não havia aparecido, o que Temperança agradeceu. Aos cinco anos, sua curiosidade e incapacidade de guardar qualquer segredo de sua mãe, por menor que fosse, o tornavam um risco para qualquer ideia de jerico que as irmãs tivessem.

Temperança lançou um olhar desesperado para Confiança. A julgar pelo seu semblante de poucos amigos, ficou óbvio que não pretendia contar o paradeiro da irmã mais velha. No entanto, os olhares de expectativa nos rostos das outras cinco meninas garantiram que o silêncio não era mais uma opção. A não ser que ela arrastasse cada uma das irmãs para fora do quarto aos gritos e pontapés, mas caso o fizesse certamente chegaria aos ouvidos do pai delas, então era hora de admitir a derrota.

Com um suspiro, Temperança empurrou as cobertas para trás e saiu da cama, o que resultou em um arfar coletivo.

— O que diabos você andou aprontando, Tempy? — disse Esperança, balançando a cabeça. — Parece que saiu rolando na lama.

— Já vi porcos mais limpos em um chiqueiro. — Foi a contribuição de Pureza. — Está com um cheiro nojento.

— Mas Freddy gostou — riu Serena.

Cerrando os dentes, Temperança empurrou o cão de caça animado para longe.

— Eu me perdi — foi tudo o que ela disse.

— Se perdeu onde?

— Vai ter um problemão se papai descobrir.

— Se perdeu como?

— Ele vai lhe dar uma bela bronca, no mínimo.

— Talvez tenha que viver de pão e água pelos próximos seis meses.

— Trancada no quarto.

— Ah, inferno, fechem a boca! — gritou Temperança, já farta.

O silêncio que se seguiu foi absoluto até que Generosa comentou com uma fungadela:

— Você ouviu o que papai disse: vai ter um problemão se acontecer de novo.

Temperança se levantou e começou a retirar suas roupas sujas.

— Se querem mesmo saber — ela resmungou —, estava indo ver Graça quando...

— Por que queria ver Graça?

— No escuro?

— Foi até lá a pé?

— O que ela disse?

Temperança bateu o pé, depois respirou fundo quando o silêncio voltou a reinar.

— Papai decidiu que eu devo receber lições de etiqueta da criatura mais horrenda da face da Terra, devido a... por causa de... por culpa do meu... — Temperança fez uma pausa outra vez, tentando encontrar as palavras certas.

— Porque você é cabeça-quente e deu um chute nos testículos de Ebenezer Brown quando ele a chamou de megera — interveio Prudência, de forma prestativa. — Ouvi papai contar a Percy. — Então franziu a testa e perguntou: — O que são testículos?

Capítulo 6

Em troca de contar uma versão bem superficial de suas aventuras da noite anterior, Temperança conseguiu pelo menos convencer Prudência a fingir uma febre leve que exigiria que seu primeiro dia com Lady Fotheringale fosse remarcado. Quando lhe disseram que Temperança não poderia cuidar dela, a menina de dez anos protestou com uma atuação magistral — sem falar barulhenta —, digna de Shakespeare. Batendo em retirada apressada, o reverendo não pôde deixar de pensar que, caso não conseguisse encontrar um par adequado para ela quando chegasse a hora, a menina poderia muito bem ser atriz.

Na verdade, Augusto Shackleford ficou bastante aliviado por ter adiado o primeiro dia de Temperança com Gertrude Fotheringale. Ainda estava pensando em como se livrar das garras da estranha mulher e, quanto mais pensava nisso, mais convencido ficava de que, com toda a certeza, ele fora enganado. Passou a noite inteira se debatendo com o problema e, apesar de sua determinação anterior de não envolver o genro, agora estava convencido de que a intervenção do duque poderia muito bem ser seu único recurso.

Ainda assim, não queria dar à Temperança qualquer indício de sua súbita mudança de opinião, então ele a informou bruscamente que ela permaneceria na paróquia para cuidar de sua irmã e entregou a ela o livro SERMÕES DE FORDYCE PARA MOÇOILAS com instruções para terminar de lê-lo até o final do dia, do contrário, ela não iria no sarau em Blackmore naquela noite.

Em seguida, enviou um bilhete para Lady Fotheringale pedindo desculpas e dizendo que esperava que, caso a irmã melhorasse, Temperança poderia estar presente no dia seguinte. Achou melhor não dizer nada sobre as dez libras.

À medida que o crepúsculo se aproximava, Lorde Ravenstone começou a repensar sua decisão de ficar em Blackmore para o sarau. Sua mãe o evitou cuidadosamente a tarde toda, e sua mente vagou por todos os tipos de cenários hediondos que ela, intrometida, poderia muito bem ter arquitetado. Embora fosse muito fácil evitar qualquer troca desconfortável de palavras em um salão de baile lotado, os limites íntimos de uma festa em casa já eram outros quinhentos. Não o surpreenderia se a Condessa Viúva desse uma moeda a um dos criados para garantir que ele se sentasse durante o jantar ao lado de qualquer senhorita que tivesse chamado sua atenção.

Com um suspiro, deixou o valete fazer os últimos retoques no traje de noite. Agora já não podia fazer mais nada. Ir embora a essa altura seria uma falta de educação tremenda, e o conde não queria ofender um duque só porque sua mãe era uma velha intrometida e dada a tramoias tolas. Mas esse não era o único motivo. Na verdade, ele gostara de Blackmore. Pareciam ter interesses e pontos de vista muito semelhantes, e Adam queria muito que ele e o duque se tornassem amigos. É claro que isso também não aconteceria se ele acabasse ofendendo um dos convidados de Sua Graça.

Estava determinado a pelo menos falar com a mãe antes que os entretenimentos da noite começassem, portanto, em vez de descer as escadas assim que o valete terminou, Adam permaneceu no quarto com a porta entreaberta, esperando até ouvir a criada pessoal da condessa sair do quarto. Assim que teve certeza de que sua mãe estava sozinha, foi até o quarto dela e deu uma batida sonora na porta.

A julgar pela expressão abatida da Condessa Viúva ao abrir a porta, ela claramente não esperava ver o filho ali.

— Seu sorriso pouco acolhedor me deixa muito magoado, querida mamãe — comentou Adam, irônico.

— Ora, me poupe — disse a condessa, voltando ao seu quarto para pegar o xale. — Está claro que não tem interesse no meu sorriso acolhedor ou em qualquer outra coisa que eu tenha a oferecer, já que passa a maior parte da sua vida fazendo o possível para me evitar.

— Se algum dia quiser me ver apenas para desfrutar da minha ótima companhia, basta dizer — respondeu Adam.

A condessa bufou, fechando a porta de seu quarto:

— Observá-lo de longe, meu caro, é mais divertido do que qualquer coisa que possa me dizer pessoalmente.

O conde franziu a testa sentindo que ela estava falando de um incidente em particular, embora ele não tivesse ideia de qual.

— Que bicho a mordeu desta vez, mamãe? — perguntou ele, cansado, enquanto estendia-lhe o braço.

— Ora, pois não sei a que se refere, Adam. Tenho certeza de que é perfeitamente aceitável que sua amante diga a Lorde Somersby que você está tão apaixonado que pensa em pedi-la em casamento.

Adam parou de repente, fazendo com que a condessa se desequilibrasse enquanto ele se virava para fitá-la com os olhos estreitos:

— É por isso que inventou mais uma de suas histórias ridículas? — O tom dele era baixo, mas ela logo viu sua fúria nas entrelinhas e recuou sem querer; erguendo o queixo em seguida, continuou com altivez:

— É verdade? Pretende que a próxima condessa de Ravenstone seja uma cantora de ópera?

Adam soltou uma risada forçada:

— Não pensa na minha felicidade, mamãe? — perguntou ele, sarcástico. — Afinal, se estou tão apaixonado como dizem, certamente a senhora me desejaria felicidades. Ora, não é sempre que alguém tem a sorte de se casar por amor. A senhora com certeza não teve.

A condessa empalideceu.

— Não me arrependo de ter me casado com seu pai — defendeu-se ela. — Formávamos um belo par.

— Contanto que não tivessem que se ver — Adam rebateu, baixinho, seu tom gélido. — Não me lembro de ter visto vocês dois na mesma sala por mais de meia hora. Na verdade, se odiavam. Prefiro ficar solteiro pelo resto da minha vida a ter que suportar esse tipo de relacionamento. — Respirando fundo, estendeu o braço outra vez e continuou com a mesma frieza. — Não toque mais nesse assunto, mamãe — advertiu ele. — Se tentar me obrigar a casar outra vez, eu não apenas pedirei a mão de Marie Levant, mas, depois que nos casarmos, a senhora não será mais bem-vinda em nenhuma de minhas casas e irá morar na residência de viúva em Ravenstone. Fui claro?

A condessa encarou o filho e, reconhecendo afinal que tinha ido longe demais, sabiamente não disse mais nada. Apenas acenou com a cabeça regiamente e colocou a mão no braço oferecido, permitindo que ele a acompanhasse até a festa que acontecia no andar de baixo.

Os convidados do sarau estavam reunidos na grande sala de estar e, como eram pelo menos duas dúzias, Adam presumiu que a maioria deles já havia chegado. Depois de acomodar a mãe em uma cadeira confortável e pegar uma taça de champanhe para ela, ele prontamente se retirou. Na verdade, estava mais cansado das maquinações dela do que irritado. Estava furioso com os membros da alta sociedade que tentavam espalhar mexericos e inverdades. Não acreditava nem por um segundo que sua amante estivesse espalhando rumores. Ela sabia bem o quanto seu benfeitor detestava um disse me disse e sabia que não deveria se envolver nele se quisesse manter seu estilo de vida generoso.

Marie Levant também estava ciente de que quaisquer anseios por respeitabilidade não seriam concretizados com seu relacionamento com o conde de Ravenstone.

Respirando fundo, Adam finalmente deixou de lado sua frustração e olhou ao redor da elegante sala. Não viu a duquesa de Blackmore, mas por fim avistou o duque conversando com um cavalheiro gordo que, dada sua vestimenta, parecia ser um homem de Deus. Perguntando-se se aquele seria o lendário sogro, Adam decidiu investigar. Depois de pegar uma taça de champanhe de um criado que passava, foi até o duque e seu companheiro corpulento. Ao se aproximar, ouviu Nicholas Sinclair dizer ao homem mais velho para enviar uma nota de desculpas e não pensar mais naquilo. Tudo seria resolvido. A resposta do reverendo demonstrou seu alívio.

Ao perceber que estavam em uma conversa séria e se perguntando a quem o reverendo poderia ter ofendido, Adam reduziu o passo e estava prestes a alterar sua trajetória para não incomodá-los quando o duque o viu.

— Adam — ele o chamou com um tom agradável —, junte-se a nós.

O conde aquiesceu com uma leve reverência:

— Obrigado, Vossa Graça — ele murmurou.

— Nicholas, por favor — disse o duque com um sorriso caloroso. — Sem cerimônias entre amigos.

Adam sorriu e levantou seu copo em resposta.

— Creio que ainda não conhece meu sogro — continuou Nicholas. — Permita-me apresentá-lo ao reverendo Augusto Shackleford. Ele é o pároco de Blackmore e cuida de todas as nossas necessidades espirituais. Augusto, permita-me apresentá-lo a Adam Colbourne, o conde de Ravenstone.

Não era nada comum que um clérigo do interior fosse incluído no círculo social de um nobre do reino, assim como também não era comum que esse nobre se casasse com a filha de um reverendo. Seguindo o exemplo do duque, Adam deu um passo à frente e inclinou a cabeça.

— É uma honra conhecê-lo, senhor — comentou ele —, e devo parabenizá-lo pela criação de uma dama tão notável como a duquesa de Blackmore.

O reverendo deu uma bufada deselegante:

— Tenho mais sete em casa, milorde — declarou ele com um suspiro sofrido e demorado. — Na verdade, três delas estão aqui esta noite. Embora eu não tenha a menor ideia de onde foram parar — acrescentou, olhando em volta.

— Receio que ser pai de oito mulheres é um desafio até para o mais devoto dos homens — comentou o conde, sério.

— Estou a serviço do Todo-Poderoso para que seja feita a vontade Dele — respondeu o reverendo com um suspiro. — Embora não possa deixar de me perguntar se já não é hora de Ele trazer outros homens para ficarem com elas. — Ele balançou a cabeça e acrescentou, esperançoso: — O senhor não está à procura de uma esposa, por acaso, não é, milorde?

O duque soltou uma risada irônica:

— Perdoe-me, Augusto, mas eu não desejaria nem ao meu pior inimigo um casamento com as irmãs de minha esposa. Elas podem ser encantadoras, mas, a verdade é que, qualquer homem que aceite uma delas, sem dúvida, ficará de cabelos brancos antes do tempo.

Adam ouviu falar que o duque de Blackmore era um tanto quanto singular, mas não tinha percebido o quanto Nicholas Sinclair era diferente dos outros nobres. Disseram-lhe que o homem era taciturno e difícil depois de ter sido gravemente ferido na batalha de Trafalgar. Nada poderia estar mais longe da verdade. De fato, quando o duque disse em tom brincalhão que, pelo menos, o reverendo Shackleford não tentou casá-lo com sua segunda filha mais velha, Adam teve que se controlar muito para não espirrar todo seu champanhe no colete de seu anfitrião enquanto se segurava para não gargalhar.

— É claro que ficarei honrado em conhecê-las — disse ele quando sua vontade de rir se dissipou. — No entanto, creio que devo avisá-lo, senhor, no momento não estou à procura de alguém para partilhar meu sobrenome.

— E isso antes mesmo de o milorde conhecê-las — comentou o reverendo, balançando a cabeça com tristeza. — Ora, Vossa Graça não está passando uma boa impressão de minhas filhas.

— E o que há de errado com suas filhas? — A voz feminina veio de trás de Adam e, ao ouvi-la, ele congelou.

— Falando no diabo... — murmurou o reverendo.

— Ora, papai, o senhor não está me comparando ao próprio Lúcifer, está? — A voz continuou brincalhona enquanto sua dona caminhava até ficar à direita de Adam. — Tudo bem que vez ou outra eu acabe cometendo atos de natureza impulsiva, mas eu... — ela gaguejou e então parou de falar quando finalmente viu Adam, que a observava em silêncio.

— Você é minha irmã mais querida — disse a duquesa de Blackmore com um sorriso ao se juntar ao pequeno grupo. Ela se virou para Adam. — Lorde Ravenstone, permita-me apresentar-lhe minha irmã,

Temperança. Minhas outras duas irmãs, Esperança e Confiança, estão aqui em algum lugar e, sem dúvida, o senhor terá de ouvir a tagarelice delas em algum momento da noite.

Temperança. Então *esse* era o nome dela. Adam se lembrou da megera cabeça-quente e desbocada que havia encontrado na noite anterior e mais uma vez se controlou para não rir.

Enquanto isso, uma Temperança muito diferente estava ocupada executando sua melhor reverência, com os olhos modestamente baixos. Embora Adam pudesse imaginar o que estava se passando pela cabeça dela...

— É uma honra conhecê-la, senhorita Shackleford — ele respondeu com uma reverência. — Não é sempre que se tem a oportunidade de conhecer um ser angelical, ainda mais um caído dos céus.

Os olhos azuis dela voaram para os dele, e ele pôde ver o momento exato em que o susto se transformou em irritação em suas profundezas iluminadas.

— Meu amor, estou vendo Huntley pairando na porta. Sem dúvida, o jantar está pronto para ser servido. — Nicholas tocou o braço da esposa, e o sorriso que ela deu em resposta fez com que Adam ficasse sem fôlego. Se algum dia ele se casasse, gostaria que sua esposa o olhasse do mesmo jeito. Infelizmente, as chances de isso acontecer no mundo em que habitava eram mínimas. Era melhor que continuasse solteiro. *E cínico*, a pequena voz em sua cabeça acrescentou.

— Se nos der licença. — A duquesa continuou, pegando o braço do marido. — Lorde Ravenstone, vou deixá-lo nas mãos competentes de minha irmã. — Ela olhou para o duque outra vez e então acrescentou com uma risada: — Garanto, meu senhor, que é melhor do que deixá-lo sozinho com meu pai.

— Sou uma ótima companhia — declarou o objeto de sua provocação. — Ora, todos dizem que minha conversa é ótima.

— Com *todos* creio que o senhor quer dizer Deus, papai — respondeu Graça olhando para trás enquanto se virava para acompanhar o marido, sua risada flutuando atrás dela.

Adam olhou para o reverendo, perguntando-se se ele tinha se ofendido com a brincadeira da filha. No entanto, o brilho nos olhos do clérigo indicava que tinha gostado.

— Tenho certeza de que sua conversa é muito inspiradora, senhor — ele murmurou, sem saber muito bem o que dizer.

Aquela família sem dúvida era estranha.

— Certamente não é assim no púlpito — alfinetou Temperança. — Ainda mais se Percy tiver escrito o sermão.

— Sim, bem, admito que meu coadjutor ocasionalmente perde um pouco as estribeiras quando o assunto é o fogo do inferno, mas não faz mal deixar que a congregação fique esperta — concluiu o reverendo, brincalhão. Em seguida, olhou para Adam com um sorriso astuto, se virou para a filha e acrescentou: — Minha querida, preciso tomar um pouco de ar. Tenho certeza de que Lorde Ravenstone não fará objeção em acompanhá-la até a mesa do jantar. — Temperança abriu a boca, quase certamente para protestar, mas reconhecendo que de nada adiantaria, Adam falou primeiro:

— É claro que eu ficaria encantado — ele respondeu, estendendo o braço para Temperança, que não parecia nada satisfeita. — Vamos? — ele murmurou, quando ela não pegou seu braço.

A mulher que ele não conseguia tirar da cabeça o encarou, os olhos dela brilhavam dessa vez com uma raiva frustrada, que, mesmo no pouco tempo desde que se conheceram, Adam observou ser a expressão mais frequente dela. Nessa ocasião, o motivo de sua irritação era claro: ela não queria ficar sozinha com ele outra vez.

— Obrigada, meu senhor. — Foi tudo o que ela disse ao colocar a mão no braço oferecido por ele.

— Diga-me — ele murmurou enquanto iam para a sala de jantar —, é um costume seu dormir em celeiros? — Ela estreitou os olhos ao olhar para ele, mas ignorou a provocação.

— Como deve ter adivinhado, milorde, estava tentando visitar minha irmã — ela disse, enfim, tensa.

— A senhorita costuma atravessar os campos no escuro para visitar sua irmã? Parece-me um método bastante tolo de se visitar alguém.

— Pois para mim parece que o senhor está sendo excessivamente curioso... milorde.

Seus olhares se encontraram, e Adam teve de se controlar para não puxá-la para seus braços e beijá-la até que o fogo em seus olhos ardesse por um motivo completamente diferente...

Capítulo 7

Para surpresa de Adam, não o sentaram ao lado de nenhuma das irmãs Shackleford, e ele não sabia se ficava aliviado ou se lamentava o ocorrido. Infelizmente, se ele chegou a experienciar qualquer uma das emoções, ela foi logo dissipada quando se deparou com sua companheira de jantar. Por um minuto, pensou ter se enganado quanto ao motivo de a mãe tê-lo trazido aqui, mas, um olhar para a mulher altiva e pálida, apresentada a ele por sua mãe de nariz empinado, logo dissipou qualquer propensão de esquecer sua irritação com a Condessa Viúva. Com o coração apertado, ele inclinou a cabeça de forma cortês e, em troca, recebeu uma reverência digna da realeza.

O que diabos sua mãe estava pensando? Adam rangeu os dentes com força e estampou um sorriso educado no rosto enquanto sua companheira se sentava. Ele olhou para Temperança, que parecia muito mais à vontade entre as duas jovens que só podiam ser suas irmãs. Teve de se perguntar se a decisão de colocá-la exatamente no meio foi ou não coincidência.

Como sabia bem a língua afiada que aquela víbora tinha, podia imaginar a preocupação de Sua Graça com a possibilidade de sua irmã mais nova ofender algum dos convidados. Ainda assim, a duquesa claramente não viu mal algum em deixar Temperança com ele. Deveria sentir-se ofendido? Ele balançou a cabeça com um sorriso. Na verdade, queria estar em uma posição em que pudesse fazer com que a moça mostrasse suas garras outra vez.

— Peço que compartilhe o motivo de sua diversão, meu senhor.
— Adam voltou para a terra com um estrondo retumbante. Ele respirou fundo e só então se virou para sua companheira de jantar, que olhava para ele da mesma forma que ele imaginava que olharia para um grande prato de carne de primeira. Ela colocou a mão sobre a dele e se inclinou para a frente com um ar sigiloso. — Seja lá o que for que ache tão divertido, milorde, prometo não contar a ninguém — ela disse.

— Milady — ele respondeu, retirando sua mão da dela com cuidado —, não é nada. Estava apenas sorrindo para um amigo. Presumo que tenha amigos? — Parte dele sabia que estava sendo grosseiro. A jovem nada fizera para alimentar sua ira. Era tão vítima de sua mãe casamenteira quanto ele. Infelizmente, nesse ponto em particular, ele estava errado. Lady Isabel na verdade era muito determinada e, no que diz respeito ao matrimônio, parecia ser da mesma espécie que a mãe. Quando o jantar terminou, todas as suas tentativas de afastá-la foram em vão. Em um determinado momento, ela chegou ao ponto de tentar agarrar suas bolas, fazendo com que ele quase se engasgasse com a sobremesa. A piscadela lasciva que ela lhe lançou enquanto o fazia foi a coisa mais horrenda que ele já viu na vida.

Adam nunca ficara tão feliz ao ver as damas se retirarem e deixarem os cavalheiros irem tomar vinho do Porto. Ainda mais quando Lady Isabel, ao passar por sua cadeira, inclinou a cabeça perto da dele para sugerir um encontro mais tarde...

Temperança não fazia ideia do que havia acontecido durante o jantar. Não sabia dizer nem o que comeu ou o que e com quem falara. Era como se todo o seu ser estivesse fixado no outro lado da mesa. Especificamente, no conde de Ravenstone.

Se não estivesse tão horrorizada com a atração que sentia por ele, teria rido da situação difícil em que ele estava. Quem quer que fosse a dama sentada ao lado dele, estava claramente determinada a tirar o máximo proveito disso. Na verdade, Temperança ficou surpresa por ela não ter se jogado no colo dele. É claro que Lorde Ravenstone era um bom partido. Na verdade, havia rumores de que ele era *o* grande atrativo da próxima temporada; as mães casamenteiras de todos os lugares estavam planejando sabe-se lá o que na tentativa de torná-lo seu genro.

No entanto, ela sabia — pelas colunas de mexericos — que ele havia resistido até agora a várias tentativas pouco honestas de mães desesperadas para forçá-lo a se casar e, a julgar pela reação dele esta noite, a dama tivera tanto sucesso quanto suas antecessoras.

Com um suspiro, escutou um pouco a conversa das irmãs. Ela já tinha ouvido falar do conde, é claro, mas não o tinha visto antes, portanto não tinha como reconhecê-lo durante sua apresentação pouco ortodoxa. O problema é que ela não conseguia parar de pensar na maneira como ele a segurara em seus braços. O formigamento que sentira em partes que até então considerava apenas funcionais. Tudo isso era muito irritante. E *ele* a chamara de anjo *caído* ainda por cima.

Será que ele realmente achava que ela era uma mulher decaída? Isso significava que ela era irredimível? Será que outras mulheres sentiam esse formigamento em suas partes íntimas? Sua cabeça estava um turbilhão.

E a pior parte é que ela deveria ter passado a noite pensando em como pedir a ajuda de sua irmã para se livrar das garras da odiosa Lady Fotheringale. Porém, ela esqueceu todos os pensamentos de sua situação terrível assim que viu Adam Colbourne outra vez.

De repente, ela se deu conta de que alguém estava falando. Ao olhar para cima, ela viu o rosto sorridente da amiga da duquesa, Lady Felicity Beaumont.

— Se importa se me sentar ao seu lado, senhorita Shackleford? — ela perguntou com um tom agradável.

— De jeito nenhum, por favor — murmurou Temperança, convidando a dama a se sentar na cadeira vazia ao seu lado.

Ela conhecia Lady Felicity. Graça havia falado muito bem dela nas últimas semanas. Segundo lhe contou, foram apresentadas há mais de um ano para garantir que a inexperiente duquesa de Blackmore não passasse vergonha na sua apresentação à alta sociedade. Infelizmente, a dama não foi totalmente bem-sucedida neste quesito, mas Temperança sabia muito por alto o que exatamente dera errado. Quando Graça voltou a Devonshire, ela e Nicholas haviam se desentendido, isso Temperança soube. E ela até ouviu dizer que foi graças ao seu pai que eles se reaproximaram. Conhecendo seu pai, Temperança achava muito provável que isso fosse uma mentira deslavada.

Ela sorriu para Lady Felicity. Nunca tiveram a oportunidade de conversar, mas talvez agora ela conseguisse arrancar da senhorita Beaumont a verdade quanto ao que exatamente acontecera. Ao menos isso a faria esquecer seus próprios problemas.

— Sua irmã me pediu para falar com você. — A primeira coisa que Lady Felicity disse deixou Temperança sem palavras.

Ela ergueu as sobrancelhas, surpresa, mas achou melhor não dizer nada até ouvir exatamente o que sua irmã queria que Lady Felicity lhe dissesse. Não conseguia entender por que Graça não viera lhe dizer o que quer que fosse pessoalmente.

Então um pensamento repentino e terrível lhe passou pela cabeça. *Será que Graça a considerava uma mulher decaída?*

— Chegou aos ouvidos dela que você se envolveu em uma discussãozinha. — Temperança ficou grata por senhorita Beaumont chamar o ocorrido de *discussãozinha*, mas não pôde deixar de se perguntar se ela sabia os detalhes do ocorrido.

Ela abriu a boca para falar, mas Lady Felicity levantou a mão para impedi-la.

— Espero que não me ache grosseira, senhorita Shackleford, mas ficaria muito grata se me ouvisse antes de fazer qualquer comentário.

Franzindo um pouco a testa, Temperança acenou com a cabeça, relutante.

— Sua irmã sugeriu que talvez eu pudesse acompanhá-la e educá-la quanto ao comportamento adequado de uma jovem. — Ela fez uma pausa, então continuou delicadamente: — Isso incluiria, é claro, instruções a respeito das diversas maneiras de lidar com pretendentes indesejados para que, de fato, o malfeitor fique acamado.

Temperança olhou para a senhorita Beaumont, seus olhos se encheram de lágrimas repentinas. A resposta a todas as suas preces estava sentada ao seu lado. Uma dama gentil e sorridente que Graça admirava muito.

Exatamente o oposto da *dama* hedionda que seu pai encontrara sabe-se Deus onde.

No final, tudo o que Temperança pôde fazer foi acenar com a cabeça em sinal de agradecimento. Lady Felicity, parecendo entender, inclinou-se para a frente e lhe deu um tapinha na mão.

— Perdoe-me por não ter falado com a senhorita antes, minha querida, mas queria observá-la primeiro para saber se nos daríamos bem. Parece-me que, embora a senhorita seja na verdade muito obstinada, tem um bom coração. Vi a maneira como interage com suas irmãs e com as pessoas de quem gosta e creio que, se conseguirmos controlar seu... gênio forte, poderemos conseguir um casamento com o qual a senhorita e seu pai ficarão muito felizes.

Temperança se viu acenando com a cabeça outra vez.

— Muito obrigada, milady — ela conseguiu sussurrar.

— Felicity, por favor. E, se me permitir, eu a chamarei de Temperança. Permanecerei em Blackmore nas próximas semanas, enquanto faremos o possível para que sua... é... conduta esteja satisfatória, depois iremos para Londres, onde creio que sua irmã tenha a intenção de apresentá-la à alta sociedade.

Atônita, Temperança encarou a mulher mais velha em silêncio.

— Uma temporada em Londres? — ela conseguiu sussurrar. — E quanto à Sua Graça?

— Soube que o duque está de acordo e que até passará parte da temporada fora da propriedade apenas para nos acompanhar a esses compromissos obrigatórios. — Lady Felicity lhe deu outro tapinha na mão e se levantou. — Deixarei o restante dos detalhes para a senhorita discutir com Sua Graça. Eu a esperarei aqui depois de amanhã.

Ainda perplexa, Temperança ficou sentada e observou sua mentora se afastar. Ela não tinha ideia do que pensar. Embora estivesse mais do que agradecida pela intervenção de Graça, nunca lhe ocorrera que o duque pudesse sequer considerar arcar com os custos de apresentá-la à alta sociedade.

Tudo o que conseguia pensar era: e se Felicity Beaumont descobrisse a verdade? Que a irmã que ela iria ensinar agora poderia já ser uma causa completamente perdida...

Acabou não tendo oportunidade de falar em particular com a irmã e, cedo demais, os cavalheiros se juntaram às damas na sala de estar para o entretenimento. Para a surpresa de suas irmãs, Temperança recusou seus pedidos para se juntar a elas e permaneceu sentada sozinha ao fundo. Tanto Esperança quanto Confiança presumiram que ela ainda estivesse chateada por causa da discussão com o filho do açougueiro. Nenhuma das duas sabia da conversa da irmã com Lady Felicity Beaumont e, se soubessem, teriam ficado pasmas com a reação apática dela.

Na verdade, Temperança também não conseguia entender sua reação nada eufórica com a possibilidade de frequentar uma temporada em Londres. Era mais do que ela poderia esperar. De fato, isso significava que até mesmo um cavalheiro com título não estaria completamente fora de cogitação. Bem, isso se ninguém ficasse sabendo da história de que ela passou a noite sozinha com o conde de Ravenstone.

E, é claro, se ela conseguisse manter a calma.

— Nunca me ocorreria que fosse dessas mulheres tímidas que se escondem na parte de trás, senhorita Shackleford.

Assustada, Temperança olhou para os olhos cinzentos e penetrantes de Lorde Ravenstone. Era quase como se seus pensamentos o tivessem invocado. Contra sua vontade, seu rosto se iluminou como se ele tivesse adivinhado a natureza de seus pensamentos.

— Estou apenas cansada, milorde — respondeu ela —, queria apenas me sentar em silêncio e ouvir a música.

— Não é de se surpreender, já que não deve ter dormido muito na noite passada. — Foi o comentário seco dele ao se sentar.

— E o senhor, milorde, dormiu como um bebê? — Temperança ousou dizer.

Ele não respondeu tão logo, apenas olhou atentamente para sua boca, o que a fez corar ainda mais. Quando ela pensou que ele não responderia, o conde murmurou:

— Não, senhorita Shackleford, eu não dormi nada. Na verdade, não consegui.

— O chão *estava* muito duro — ela respondeu baixinho.

— Não posso negar que estou velho demais para ficar sem o conforto da minha cama, mas, nessa ocasião, outras coisas ocupavam minha mente.

— Seu cavalo — murmurou Temperança, sem entender por que ficara decepcionada. Ela achou mesmo que Adam Colbourne ficaria acordado por estar pensando nela? — A propósito, como ele está?

— Ele está bem melhor, mas não foram pensamentos em Merlin que me mantiveram acordado. — Adam sabia que estava sendo extremamente tolo ao continuar essa conversa, mas alguma emoção desconhecida o estava guiando. Na verdade, não conseguia entender sua atração por Temperança Shackleford. Ela era bonita, mas Londres estava repleta de mulheres atraentes, todas disputando sua atenção. Talvez fosse isso. Apesar de ser engraçada, Temperança era claramente inocente. Seu vestido — acreditava ele — feito em casa e seu cabelo, apesar de estar preso de forma elegante, não estava com um penteado elaborado, apenas algumas flores de primavera o adornavam. Ele teve um súbito desejo de vê-la vestida na última moda, em trajes que se agarravam a cada curva, o pescoço enfeitado com diamantes...

De repente, Adam se deu conta do perigo de seus pensamentos. A mulher que não conseguia tirar da cabeça o observava em silêncio, confusa. O que diabos ele estava fazendo? Uma coisa era ter fantasias de seduzir uma moça anônima de um vilarejo, mas outra bem diferente era fazer isso com a cunhada do duque de Blackmore. De repente, ele se levantou, xingando-se internamente.

— Perdoe minhas palavras sem sentido, senhorita Shackleford. Sem dúvida, a senhorita tem razão. Estou extremamente cansado depois de minha longa viagem e da subsequente falta de sono. Portanto, com sua permissão, vou lhe desejar uma boa-noite. — Com isso, ele inclinou levemente a cabeça e se foi.

Capítulo 8

Reverendo Shackleford, de fato, dormiu como um bebê. Ou, como ele preferia dizer, dormiu o sono dos justos. Tudo correra bem.

Enquanto caminhava para o seu escritório, ele se parabenizou pela decisão de se aconselhar com o genro e não viu motivo para não comemorar seu bom raciocínio com uma pequena dose de conhaque. Na verdade, estava convencido de que ele e o duque estavam prestes a ter uma amizade mutuamente benéfica, uma vez que estavam se dando tão bem — afinal, Sua Graça o havia chamado de Augusto mais de uma vez no sarau — e, embora o reverendo ainda não soubesse muito bem o que deveria fazer em relação à Temperança, Graça se convidara para o chá da tarde para discutirem o assunto.

Então, agora, tudo o que restava a ele era redigir um bilhete para Lady Fotheringale agradecendo-lhe pelo seu tempo e informando à matrona que não precisariam mais de seus serviços. Se havia uma sensação de desconforto no estômago, isso poderia muito bem ser atribuído ao mingau matinal da senhora Tomlinson.

Na verdade, ele mesmo entregaria a carta à senhora quando fizesse suas visitas rotineiras aos fiéis. Dessa forma, ele teria uma boa desculpa para não se demorar caso ela viesse até a porta. Assim que terminasse suas tarefas, pretendia passar uma agradável hora de almoço no Red Lion na companhia de Percy, durante a qual estava determinado a descobrir a natureza dos *outros assuntos* de seu coadjutor. Em suma, um excelente plano para o dia.

Apenas meia hora depois, estava caminhando com Freddy rumo ao vilarejo, apreciando o sol do início da primavera. Na verdade, ele realmente gostava dessas visitas e via isso como uma excelente oportunidade para lembrar seu rebanho das obrigações espirituais.

Reverendo Shackleford, por sua vez, era muito querido por seus fiéis, embora sem dúvida não por motivos espirituais. Na verdade, no geral, o evitavam como o diabo foge da cruz em suas rondas, e a maioria aproveitava a oportunidade para dormir um pouco mais durante seus sermões. Não, o principal motivo era apenas que o reverendo Shackleford nunca deixava de entretê-los. Embora os residentes de Blackmore fossem, na maior parte, bem providos pelo duque, a maioria dos moradores levava uma vida monótona e cansativa. Pouco acontecia para animar suas vidas. O único assunto que proporcionava algum alívio do tédio de todo dia era a família Shackleford.

Somente no ano passado, o casamento da filha mais velha do reverendo com o seu patrono gerou bons mexericos e, desde então, havia uma animada casa de jogos que fazia apostas na segunda filha. É claro que a maioria dos habitantes do vilarejo não tinha nem um tostão furado para apostar, então raramente as moedas circulavam, fato que levou mais de um morador a se tornar o orgulhoso proprietário de um nabo e metade de um saco de cenouras.

E agora, com Ebenezer Brown na cama com os testículos enfaixados, o vilarejo todo estava curioso para saber o que mais Temperança Shackleford aprontaria.

É claro que o reverendo nem sonhava com o interesse local pelo comportamento de sua filha e não previu que teria uma plateia, ainda que oculta, ao entregar o bilhete no chalé modesto de Lady Fotheringale. Sua surpresa quando a senhora abriu a porta da frente no momento em que ele empurrava o bilhete por baixo dela foi, de acordo com todos que assistiam, bem verdadeira. Assim como seu total espanto quando ela o avisou, em uma voz alta o suficiente para ser ouvida da paróquia, que ele se arrependeria do dia em que pensasse em atrapalhar os planos de Gertrude Fotheringale.

Quando o reverendo Shackleford chegou ao Red Lion para almoçar com Percy, estava soltando fogo pelas ventas. Ele ficara chocado demais para reagir de imediato à acusação infame de Gertrude Fotheringale e, quando se recompôs, ela fechou a porta bem na sua cara. Perguntava-se como a mulher soube de sua intenção de colocar um fim antecipado no acordo, mas, dado o fato de que ele não podia ver nenhuma testemunha de sua humilhação, engoliu a raiva e decidiu que era melhor se retirar da cena imediatamente e deixar a discussão sobre quem poderia tê-lo dedurado para quando estivesse na taverna com Percy.

É claro que isso também significava que o coadjutor era, como sempre, um dos alvos da indignação do reverendo, mas Percy estava mais do que acostumado com o humor inconstante de seu superior e, nessa ocasião, tinha seus próprios problemas nos quais pensar. Portanto, ele simplesmente comeu sua torta de carne e rim e esperou até que Shackleford estivesse pronto para discutir o que quer que o estivesse incomodando.

Infelizmente, o primeiro comentário dele foi suficiente para que até mesmo a mais leve das tortas pesasse no estômago.

— Acha que sou um cabeça de vento, Percy? — O coadjutor respirou fundo enquanto olhava apreensivo para as feições solenes do reverendo. No entanto, antes que ele pudesse pensar em uma resposta adequada que não o levasse a compor todos os sermões até o dia do juízo final, o reverendo Shackleford suspirou e se voltou para a sua caneca, indicando que era uma pergunta puramente retórica ou que, na verdade, ele não acreditava que alguém pudesse supor tal coisa.

Depois de alguns minutos, ele ergueu os olhos outra vez:

— Quero dizer, será que sou bom em julgar o caráter de alguém? — perguntou, antes de fazer uma pausa e levantar a mão. — Como deve imaginar, não estou me referindo a questões espirituais, Percy — acrescentou. — Estou bem ciente de que o Todo-Poderoso achou por bem me dotar com as qualidades necessárias para guiar meu rebanho sem hesitação em direção a suas recompensas espirituais no paraíso.

Ele esperou alguns segundos e, em seguida, acenou com a cabeça diante da aparente incapacidade de seu coadjutor lhe responder:

— Entendo bem sua surpresa com meu questionamento, Percy. Sem dúvida lhe parece que minhas preocupações não são lá grande coisa. Mas, ainda assim, um homem em minha posição deve estar ciente do caminho traiçoeiro que pode levá-lo ao andar de baixo, portanto estar preparado o tempo todo para fazer as modificações de curso necessárias. — Ao terminar, o reverendo encarou o chão, como se achasse que havia uma enorme probabilidade de que o próprio Satanás decidisse aparecer de repente e lhe dar uma bronca.

O silêncio que se seguiu foi ensurdecedor, enquanto Percy se esforçava para encontrar uma resposta aceitável. Em uma tentativa de ganhar mais tempo, o coadjutor tomou um longo gole de sua caneca.

— Talvez, senhor, fosse benéfico se pudesse me dar um pouco mais de informações quanto à natureza exata da sua preocupação — ele comentou por fim em desespero.

O reverendo pensou por um momento e em seguida suspirou:

— A verdade, meu caro Percy, é que estou em apuros. — Ele então começou a contar ao coadjutor toda a sequência de eventos, começando com a contratação de Gertrude Fotheringale e terminando com as ameaças da senhora de que ele pagaria caro por tê-la dispensado. — O fato é que — concluiu ele, melancólico, duas canecas depois — eu acreditava que Gertrude Fotheringale era uma dama de boa índole, mas parece que tenho um coração generoso demais.

Quando o reverendo terminou de relatar os acontecimentos, Percy permaneceu em silêncio por mais alguns segundos, depois suspirou fundo e disse com um estremecimento:

— Conheço a pessoa de quem o senhor fala e receio que suas preocupações com a dama não sejam em vão. Se ela for uma nobre, o que creio não ser bem verdade, seria muito improvável que ela considerasse um mero coadjutor como eu como um possível marido.

E, assim, acabou que o reverendo não precisou mais perguntar a Percy quais *outros assuntos* exatamente vinham ocupando o coadjutor ultimamente...

Apesar de ter ido dormir bastante tarde, Temperança acordou excepcionalmente cedo. Ela passou a noite inteira se revirando, tanto que ouviu Confiança murmurar que talvez sua irmã devesse passar mais noites em um celeiro em vez de incomodá-las em sua cama.

É claro que a razão pela qual Temperança não conseguia dormir era sua preocupação com um par de olhos cinzentos e penetrantes que pareciam capazes de ver o fundo de sua alma. Ela não fazia ideia de por que seu corpo parecia reagir de maneira tão estranha sempre que o conde de Ravenstone estava por perto, mas uma coisa ela sabia: isso não resultaria em nada de bom. Também sabia muito bem que libertinos, como Adam Colbourne, não procuravam a companhia de moças inocentes do campo, a menos que já fossem malfaladas. Dada a sua possível condição de mulher decaída, Temperança não sabia ao certo se poderia lidar com quaisquer avanços impróprios que o conde pudesse fazer.

Com um suspiro, ela se deitou de costas e olhou para o teto. Se não quisesse arruinar sua família antes mesmo de chegar à sua primeira temporada, era imperativo que resistisse a esses impulsos incomuns. A maneira mais fácil de fazer isso seria evitar Lorde Ravenstone o máximo possível.

No entanto, também seria essencial que ela garantisse o silêncio dele em relação àquele primeiro encontro impróprio. Para isso, precisaria falar com ele assim que tivesse a oportunidade.

A sós. Sem que ninguém soubesse.

Não fazia ideia de como faria isso, mas precisava encontrá-lo antes que ele voltasse para Londres. Caso se encontrassem durante a temporada — uma possibilidade muito provável — ela queria ter a certeza de que ele não seria sua ruína.

No final, ela se cansou de tentar elaborar um plano e saiu da cama. Talvez o café da manhã a ajudasse a pensar melhor.

Uma hora depois, estava sentada na pequena sala de jantar, mordiscando uma torrada. Seu pai lhe havia informado, animado, que ela não precisaria mais ir até o chalé de Lady Fotheringale e que a *educação* dela ficaria por conta de Graça, que viria tomar chá na paróquia hoje à tarde para discutir o assunto. Ficou claro que o reverendo ainda não estava ciente de que a duquesa pretendia apresentar a irmã à alta sociedade, mas Temperança imaginou que ele seria informado de suas intenções durante o chá. Isso significava que ela realmente precisava falar em particular com Lorde Ravenstone o quanto antes. Se ele não jurasse manter segredo, não poderia, em sã consciência, aceitar a oferta muito generosa de Nicholas Sinclair para patrociná-la nesta temporada. Mas como raios é que ela ia conseguir um encontro furtivo com o conde de Ravenstone antes do almoço? *Será que ele sequer estaria acordado antes do almoço?*

Com um suspiro, ela olhou pela janela, observando o cavalariço Jed escovar o único cavalo deles, Lúcifer. Ela já tinha ouvido a história do nome do cavalo e sorriu para si mesma, lembrando-se das muitas vezes, ao longo dos anos, em que um ou outro tinha sido vítima dos cascos ou dentes do animal mal-humorado. Nenhuma de suas irmãs cavalgava muito bem e não era de se admirar, já que o único corcel que tinham morderia o dedo de alguém que lhe oferecesse uma maçã.

De repente, avistou um rapaz do vilarejo atravessando alegremente os campos na direção da paróquia. Com o cenho franzido, ela o observou passar pelo portão e entrar no caminho que levava à porta. À medida que ele se aproximava, viu que era Jimmy Fowler, um rapazote de nove anos de idade, inteligente, que costumava entregar as missivas da casa do duque. Sabendo o quanto Jimmy era engenhoso, Temperança suspeitava que, ao chegar à idade adulta, seria tão rico quanto Creso ou acabaria condenado à forca.

Perguntando-se o que o espertinho poderia estar trazendo de Blackmore agora, não perdeu tempo e correu para a porta da frente, chegando antes de Lizzie, que normalmente recebia as visitas. Ela abriu a porta antes de o rapaz bater, provocando uma série de palavrões que soaram estranhos vindos de alguém tão pequeno.

— Se sua mãe estivesse aqui, ela o repreenderia por usar esse linguajar — observou Temperança.

— Se minha mãe estivesse aqui, ela ficaria impressionada, isso sim — argumentou Jimmy com um sorriso insolente.

Temperança suspirou:

— O que quer, Jimmy?

— Trouxe um bilhete para o reverendo — respondeu o rapazote. — É de Sua Graça. — Ele entregou um pedaço de papel dobrado, tirado do fundo do bolso. — Tenho que esperar a resposta dele — acrescentou, cutucando o nariz.

Com o cenho franzido, Temperança olhou para o bilhete que, com toda certeza, tinha o carimbo da duquesa. Seu pai estava fazendo suas visitas aos fiéis e só voltaria depois do almoço. Ela se decidiu então, rompeu o selo e leu o conteúdo. Era uma confirmação da intenção de sua irmã de visitá-los às três da tarde, com a informação adicional de que estaria acompanhada por Lady Felicity Beaumont. Graça queria apenas confirmar se o horário de sua visita era aceitável.

Temperança ergueu os olhos:

— Diga a Graça que esperamos ansiosamente por sua visita às três horas — respondeu ela. Jimmy fez que sim com a cabeça e tocou a aba de sua boina em um gesto simbólico de respeito. Quando ele se afastou, Temperança teve uma ideia.

— Espere — disse ela apressadamente. — O conde de Ravenstone ainda está na casa de Sua Graça? — Jimmy olhou de volta para ela, com os olhos estreitos e curiosos. — Ouvi dizerem na cozinha que o conde ainda está por aqui.

Temperança pensou rápido. Precisava inventar uma boa desculpa para enviar uma mensagem ao conde. Uma que não tivesse a menor chance de ser mal-interpretada por um malandrinho feito Jimmy Fowler. Talvez fosse imprudente, mas que outra opção ela tinha a não ser entregar o bilhete pessoalmente? Jimmy não se atreveria a ofender um parente do duque de Blackmore — disso ela tinha certeza — e, contanto que ela o convencesse de que o bilhete era completamente inocente, ele o entregaria e não diria nada.

Ela respirou fundo:

— Preciso que entregue uma carta do meu pai ao conde de Ravenstone — disse ela, como quem não quer nada. Parando por um momento, ela acrescentou cuidadosamente: — É um assunto particular, e o reverendo gostaria que entregasse a carta quando o conde estiver sozinho.

Jimmy a olhou em silêncio por um momento, fazendo com que seu coração batesse forte e desconfortavelmente. Então ele encolheu os ombros com indiferença e disse:

— Quanto?

— Assim que meu pai conversar com o conde de Ravenstone e verificar que Sua Senhoria realmente recebeu o conteúdo da carta, pode ter certeza de que será bem recompensado.

— Não sou um agiota — resmungou Jimmy.

— E também não é um cabeça de vento — respondeu Temperança com rispidez. — Meu pai certamente falará com o duque se descobrir que não cumpriu a missão dele. — Ela olhou fixamente para o menino mal-humorado até que ele acenou com a cabeça em sinal de concordância.

— Espere aqui enquanto vou buscar a carta — ordenou Temperança, tomando cuidado para não demonstrar seu alívio.

Assim que fechou a porta, correu para o escritório do pai e rapidamente escreveu um bilhete para Lorde Ravenstone, pedindo que ele a encontrasse em particular atrás do celeiro de dízimos — que não era mais usado — nas cercanias do vilarejo, ao meio-dia. Ela terminou a carta afirmando que seu apelo era de extrema urgência, na esperança de que ele não confundisse seu pedido com propósitos imorais. Selando rapidamente o envelope, ela voltou para a porta onde Jimmy esperava com impaciência maldisfarçada.

— Certifique-se de que Lorde Ravenstone receba a carta antes do meio-dia — instruiu ela, entregando-lhe a missiva — e entregue apenas à Sua Senhoria. — O rapaz olhou de relance para o envelope, mas Temperança não temia que ele descobrisse seu conteúdo, já que ele não sabia ler nem escrever e era improvável que conhecesse alguém que soubesse.

Com uma batidinha na boina outra vez, Jimmy se virou e saiu correndo, sua velocidade dando a ela pelo menos um pouco de segurança de que Adam Colbourne receberia seu bilhete bem antes da hora marcada.

Capítulo 9

O conde de Ravenstone estava se perguntando em quanto tempo poderia apresentar suas desculpas ao duque de Blackmore e voltar a Londres. Não que ele quisesse voltar para sua vida inegavelmente tediosa na cidade. Na verdade, estava gostando da companhia do duque e queria muito poder ficar mais tempo. O problema é que não se atreveria a fazê-lo.

Sua reação inexplicável à Temperança Shackleford estava começando a assustá-lo. Em toda a sua vida, nunca desejara tanto uma mulher. Simplesmente não conseguia entender. Podia escolher quaisquer mulheres requintadas, com ou sem título, e certamente não havia falta de damas casadas que aproveitariam a chance de compartilhar sua cama. Ter tamanho desejo de provar uma inocente como a cunhada do duque de Blackmore era totalmente irracional. Sem dúvida, aos vinte e dois anos, a moça não era tão nova assim, mas, dada sua recente conduta, poderia muito bem ser ainda mais nova.

Irracional, talvez, mas o fato é que Adam sabia que tinha de se afastar da tentação o mais rápido possível. Fazer o contrário significaria provocar a ira de um homem que passara a admirar muito.

Com um suspiro, dispensou seu valete e desceu as escadas para tomar café da manhã. Ainda era cedo, e a única pessoa sentada à mesa era o próprio duque, lendo o jornal da manhã.

— Bom dia, Adam. Espero que tenha dormido bem — comentou o duque com um sorriso hospitaleiro, fazendo com que o conde se sentisse o canalha mais depravado do mundo.

— Dormi muito bem, obrigado, Vossa Graça — mentiu ele, servindo-se de presunto e ovos.

— Nicholas — respondeu o duque —, como disse ontem à noite, detesto cerimônias em minha própria casa.

Com medo de dizer algo que o fizesse se sentir ainda pior, Adam acenou com a cabeça de forma um pouco desajeitada e retribuiu o sorriso do duque enquanto o mordomo lhe servia um pouco de chá. Mais uma vez, ele refletiu que o duque era um homem incomum. O conde tinha amizades de vinte anos ou mais que ainda não haviam atingido um nível de intimidade que permitisse que se tratassem pelo primeiro nome.

Sentando-se à mesa, Adam comeu em silêncio, deixando o duque terminar sua leitura em paz. Por fim, dobrando as folhas do jornal, decidido, Nicholas terminou sua última torrada e disse:

— O que acha de uma cavalgada pela propriedade hoje à tarde?

Adam ergueu os olhos com surpresa.

— Tenho algumas cartas que preciso terminar esta manhã, mas, fora isso, estou à sua disposição.

— Seria ótimo — respondeu Adam com sinceridade.

O duque se levantou:

— Então está decidido. Pode ser às três? Assim poderá ver como seu cavalo está depois do ferimento. — Adam acenou mais uma vez com a cabeça e agradeceu, agora verdadeiramente animado.

O duque inclinou a cabeça em retribuição:

— Excelente. Agora, se me der licença, hei de deixá-lo nas mãos competentes de Huntley.

Adam observou Nicholas Sinclair sair da sala antes de voltar ao seu café da manhã. No entanto, perdeu o apetite e ficou olhando pela janela enquanto remoía seu problema. Por fim, tomou uma decisão: acompanharia o duque esta tarde e, no jantar desta noite, apresentaria suas desculpas e voltaria a Londres no dia seguinte. Embora isso significasse que sua visita se estenderia por apenas duas noites — em vez das três ou quatro habituais —, tinha certeza de que Sua Graça entenderia, ainda mais pelo fato de sua chegada ter sido bastante abrupta, o que lhe dava como desculpa assuntos não resolvidos na cidade. Caso Merlin se mostrasse incapaz de fazer a viagem, Adam não tinha dúvidas de que poderia ser devolvido ao seu dono em uma data posterior, quando fosse conveniente para o duque.

Satisfeito por ter tomado a decisão correta, o conde largou o guardanapo e se preparou para deixar a mesa. Uma tosse discreta o fez parar, e ele olhou para o rosto agradável da governanta.

— Senhora… Tenner, não é? — Adam sorriu quando a governanta fez uma reverência.

— Peço desculpas por atrapalhar seu café da manhã, milorde, mas há um bilhete para o senhor.

Olhando para as mãos vazias dela, Adam ergueu as sobrancelhas:

— Peço perdão, meu senhor, mas o rapazote disse que foi instruído a entregá-lo apenas em mãos. — A expressão da senhora Tenner demonstrou sua desaprovação para com a insistência do rapaz.

Levantando-se, Adam acenou para que a governanta continuasse à sua frente e a seguiu até uma entrada lateral que não tinha visto antes, supondo ser usada habitualmente pelos criados. A senhora Tenner fez uma reverência e o deixou perto da porta. Ao passar por ela, viu uma pequena figura arrastando os pés na lama.

— Disseram que tem algo para mim — disse ele, caminhando em direção ao menino, que se endireitou apressadamente e tocou sua boina com deferência. Ele colocou a mão no bolso, retirou uma carta e a entregou.

— É da paróquia, senhor. A senhorita Temperança deu instruções para que eu não a entregasse a ninguém além de Vossa Senhoria e apenas quando o senhor estivesse sozinho.

Adam pegou a carta com relutância e olhou para o envelope nas mãos, tentado a deixá-lo cair como se fosse uma batata quente. Por Deus, esperava que ela não estivesse sugerindo nada inapropriado. Ele não achava que teria forças para recusá-la.

— A senhorita Temperança solicitou uma resposta? — perguntou ele, consternado com o quão rouca saiu sua voz.

O rapaz balançou a cabeça sem se mexer:

— Mais alguma coisa que eu possa fazer pelo senhor? — perguntou, claramente esperando algum tipo de recompensa.

Balançando a cabeça, Adam agradeceu e jogou uma moeda que o jovem pegou habilmente. *Ao menos ele não me insultou mordendo-a* — pensou Adam enquanto observava o rapazote sair correndo.

Por sorte, conseguiu chegar ao seu quarto sem encontrar ninguém e, enquanto caminhava pelos corredores vazios, Adam ficou grato pelas damas, sem dúvida, ainda estarem deitadas. Na verdade, Lorde Ravenstone temia acabar sendo imperdoavelmente grosseiro com qualquer pessoa que se colocasse em seu caminho. Ao fechar a porta de seu quarto, finalmente se permitiu olhar para o bilhete que tinha em mãos. Apesar de sua preocupação anterior, na verdade não acreditava que a filha de um clérigo sugeriria um encontro do tipo pelo qual seus instintos mais primitivos ansiavam. O que deixava a possibilidade mais preocupante de que algo estava errado. Cerrando os dentes, Adam abriu rapidamente o lacre e examinou o conteúdo.

— Deixe-me ver se entendi, Percy. — O reverendo franziu a testa quando seu coadjutor finalmente parou de falar. — Está me dizendo que Lady Gertrude Fotheringale está de olho em você para ser seu segundo marido?

Ele concordou com a cabeça, deixando claro com o movimento que ainda estava bastante traumatizado com a situação toda.

— E, para isso — continuou o reverendo —, fez com que os dois fossem pegos em uma situação comprometedora atrás da padaria para forçá-lo a pedi-la em casamento?

Percy fez que sim com a cabeça mais uma vez.

— Peço desculpas por minha preocupação com a questão toda, senhor. Se não estivesse tão absorto em meus próprios interesses, poderia muito bem tê-lo impedido de fazer papel de tolo.

— Bem, talvez esteja exagerando um pouco, Percy — bufou o reverendo. — Não creio que alguém tenha testemunhado as ameaças da dama e, agora que ela não está mais me prestando qualquer serviço, creio que podemos dar o assunto por encerrado.

Lembrando-se do momento horripilante em que Gertrude Fotheringale tentou levá-lo à ruína espiritual, o coadjutor duvidou muito disso, mas sabiamente preferiu não dizer nada.

O reverendo tomou mais um longo gole de sua cerveja, lembrando-se da malícia incomum que havia visto nos olhos de Lady Fotheringale. Tendo em vista que ela havia sido rejeitada por Percy — e era preciso dizer que devia estar desesperada para considerar a possibilidade de se casar com um humilde coadjutor —, talvez fosse cedo demais para dar o assunto como encerrado.

Com o cenho franzido, ele se voltou para o assistente sentado ao seu lado em um silêncio ansioso:

— Percy, meu caro, talvez eu tenha sido um pouco precipitado ao descartar o problema. Agora que sabemos bem quem é Lady

Fotheringale, creio que seria bom ficarmos de olho a quaisquer coisas suspeitas em que ela possa estar envolvida. Na minha opinião, a mulher é esperta demais para o meu gosto.

Percy sentiu seu estômago se revirar ao pensar exatamente no que ele poderia querer dizer com *ficar de olho*. Até onde ele sabia, qualquer proposta de natureza furtiva feita por Augusto Shackleford tendia a acabar em problemas para um deles ou ambos. Engolindo em seco, ele esperou com o coração batendo forte que o reverendo desse uma sugestão descabida.

Não ocorreu à Temperança pedir a Jimmy que trouxesse uma resposta de Lorde Ravenstone. Como ela havia dito ao rapaz que o bilhete era de seu pai, teria sido suspeito se o fizesse. Só lhe restava torcer para que o conde tivesse entendido sua aflição e decidido concordar com seu pedido.

Aproximadamente uma hora antes do horário combinado, ela vestiu sua peliça mais quente e pegou uma cesta na qual havia colocado alguns itens de mercearia antes de declarar com altivez às irmãs que pretendia visitar uma senhora doente no vilarejo.

— Que senhora doente? — perguntou Pureza desconfiada.

— Você não costuma visitar senhoras doentes — acrescentou Generosa.

— Ela está com a peste? — perguntou Prudência, que, apesar da profissão do pai, vinha desenvolvendo um gosto infeliz pelo macabro.

— Não diga uma coisa dessas, Pru — protestou Confiança, olhando para a irmã. — Ninguém no vilarejo está com algo remotamente parecido com a peste.

— E se estivesse, Tempy não teria permissão para visitá-los — comentou Serena, com naturalidade.

Com um suspiro frustrado, Temperança desejou tarde demais que tivesse optado por sair furtivamente sem contar a ninguém, mas estava muito consciente de que foi esse ato que ocasionou o problema que queria resolver agora, para começo de conversa.

Então, nessa ocasião, em vez de simplesmente sair, ela decidiu contar com um ombro amigo. A seu ver, seu raciocínio tinha fundamento. Se achassem que ela estava apenas saindo para passear, uma ou todas as irmãs poderiam querer acompanhá-la. A adição de uma pessoa doente fictícia tornava essa possibilidade muito menos provável. Infelizmente, como de costume, Temperança não pensara bem na coisa toda e agora temia ter que inventar mais uma história da carochinha caso seu pai decidisse questionar seu paradeiro.

Na verdade, para ser uma boa mentirosa, era preciso ter uma ótima memória. Ela só estava grata pelo fato de que, nessa ocasião, sua madrasta não estava por perto para ouvir o comentário de Pru a respeito da peste.

Foi com um suspiro de alívio que ela finalmente deixou a paróquia sozinha quinze minutos depois. Levaria apenas dez minutos para chegar ao centro do vilarejo, de modo que ela chegaria meia hora antes de seu compromisso, mas, naturalmente, Temperança não queria que parecesse que estava fazendo algo errado. Embora não fosse grande, além da hospedaria Red Lion, o vilarejo de Blackmore tinha um açougue, uma pequena padaria e uma mercearia menor ainda. Na verdade, havia até mesmo um boticário, embora dificilmente alguém se dignasse a chamar o estranho e sábio homenzinho de boticário, já que suas poções eram conhecidas por matar mais do que curar. É claro que também havia um fluxo constante de vendedores ambulantes que vendiam seus produtos a caminho das cidades maiores e mais elegantes do litoral, na maioria das vezes Torquay.

Seu plano era passear um pouco pela praça do vilarejo e, quem sabe, cumprimentar uma ou duas pessoas. Embora não acreditasse que suas ações fossem de grande interesse para os habitantes do vilarejo, alguém se lembraria de suas atividades cotidianas monótonas, caso alguém questionasse sua presença mais tarde.

É claro que sua crença de que suas ações não interessavam aos moradores não poderia estar mais errada.

De fato, as apostas haviam começado antes mesmo de ela chegar aos arredores do vilarejo. Infelizmente, isso também significava que as chances de que ninguém soubesse de seu encontro secreto com Lorde Ravenstone eram mínimas.

Havia também outro fator muito mais propenso a garantir a ruína de Temperança Shackleford: a animação que permeava o vilarejo — como era de se esperar — chegou a ouvidos que, ao contrário da maioria dos residentes, tinham uma aversão incomum à família Shackleford. Na verdade, ninguém estava observando as ações de Temperança com mais interesse ou malícia do que Gertrude Fotheringale, a antiga Dolly Smith.

Capítulo 10

O conde de Ravenstone decidiu ir a pé para o vilarejo de Blackmore. Se quisesse ir e voltar sem ser notado, sua carruagem chamaria atenção demais. Merlin também despertaria uma curiosidade desnecessária, portanto, embora algo lá no fundo lhe dissesse que suas ações não eram lá muito sábias, Sua Senhoria se convenceu de que, pelo menos, havia tomado as precauções necessárias para proteger o seu anonimato e o de Temperança Shackleford.

Óbvio que ele não conhecia a região, mas era dotado de um senso de direção excepcional, portanto Adam não via motivo para ter dificuldade em encontrar o local marcado sem alertar o condado todo. Enquanto caminhava pelas ruas estreitas, olhou para o relógio de bolso. Sabia que o almoço seria servido à uma hora, pelas suas contas, o conde tinha duas horas para ir e voltar sem que ninguém desse por sua falta.

É claro que, se tivesse saído apenas com o objetivo de se refrescar na maresia, Lorde Ravenstone poderia ter relaxado e aproveitado a caminhada. Entretanto, nunca ficara tão tenso em toda a sua vida.

Adam balançou a cabeça. Que diabos estava fazendo? Aqui estava ele se comportando como um maldito rapazote inexperiente lidando com o sofrimento de seu primeiro amor. E tudo isso por causa de uma moça de comportamento atrevido. De fato, enquanto caminhava, sua irritação lentamente se transformou em aborrecimento e, depois, em raiva. Por que diabos ele deveria se envolver nos malditos problemas dela? Só porque sentia-se atraído por aquela mulher não significava que ela poderia mandar nele. Ele diminuiu a velocidade de seus passos. O que ele realmente sabia de Temperança Shackleford?

Sabia que ela era extremamente imprudente e que, além disso, tinha um gênio difícil.

Também sabia que a irmã dela era casada com o duque de Blackmore.

Fora isso, não sabia mais nada.

Na verdade, como ele poderia saber que a moça não estava em conluio com sua mãe? Ele certamente não imaginaria que a Condessa Viúva fosse se rebaixar a táticas tão baixas em suas tentativas de forçá-lo a se casar. E aqui estava ele, vagando por estradas rurais no meio do nada, deixando-se guiar pelo seu pau.

O famigerado conde de Ravenstone, um libertino assumido e o partido mais cobiçado da temporada, atrás de uma moça de origem humilde, que, apesar de estar prestes a passar do auge de sua beleza, não recebera qualquer pedido de casamento, pois naqueles arredores era considerada uma mulher delirante.

Maldição, o que a alta sociedade diria se pudesse vê-lo agora? Ele parou e respirou fundo. De nada adiantaria deixar a raiva dominá-lo. Não importava se Temperança Shackleford estava agindo por vontade própria ou de sua mãe. Fosse qual fosse, ele não seria vencido pelas maquinações ardilosas de *nenhuma* mulher. Eis mais um motivo para nunca se casar. E ele não perderia tempo em dizer à artificiosa senhorita Shackleford que, caso ela achasse que ele seria gentil com ela diante da perspectiva de sua possível ruína, escolhera a vítima errada. Assim que a colocasse em seu devido lugar, ele voltaria para

Blackmore e começaria os preparativos para seu retorno a Londres no dia seguinte.

Olhou pela segunda vez para o relógio e voltou a andar. Na verdade, seria bem-feito para a moça se ele a arrebatasse mesmo, foi seu pensamento desvairado; então ele passou a tentar ignorar a súbita reação indesejada que esse devaneio ocasionou. Sua reação dava-se apenas pela abstinência forçada dos últimos dias. Assim que chegasse em casa, iria direto para os aposentos de sua amante. Marie logo o faria tirar da cabeça uma bruxa mal-humorada, de cabelos pretos e olhos do azul mais vívido que ele já vira.

O celeiro de dízimo abandonado ficava nos arredores do vilarejo, a cerca de cem metros de distância. Depois de se certificar de que quem a visse pensaria que ela estava apenas passeando em um dia ensolarado de primavera, Temperança caminhou despreocupadamente entre duas casas de palha com amplos telhados inclinados em direção ao seu destino. Uma vez longe de olhares curiosos, entretanto, recolheu as saias e acelerou o passo. Não queria se atrasar para seu encontro com Lorde Ravenstone. Afinal de contas, todo o seu futuro dependia do silêncio dele. Ela tentou ignorar a sensação de estar com borboletas no estômago, que a tomava só de pensar em estar perto dele outra vez — já era quase hora do almoço, aquilo não era nada, ela só estava com fome.

Instantes depois, chegou um pouco ofegante e, por alguns segundos de ansiedade, temeu que ele tivesse ignorado seu pedido. Então, de repente, ele saiu da lateral do celeiro e inclinou a cabeça para ela. Ao olhar para ele, deu-se conta e foi tomada por uma decepção, que sua expressão parecia... bem, ele parecia... parecia bem entediado. Ela franziu o cenho. Ora, talvez encontros furtivos com mulheres fossem rotina para um canalha como ele, mas poderia pelo menos ter a decência de parecer um pouco preocupado.

— Lorde Ravenstone, obrigada por concordar em se encontrar comigo — ela comentou, tensa quando pareceu que ele não tinha intenção de dizer nada. — Eu... eu... estou ciente de que isso é muito incomum, mas pareceu-me que não tinha escolha.

Então ele falou:

— O muito incomum parece-me ser sua especialidade, madame — foi tudo o que ele disse, tomando cuidado para não deixar quaisquer sentimentos transparecerem.

Sem saber se ele estava apenas brincando, os olhos de Temperança voaram para os dele e por instinto ela deu um passo para trás ao ver a frieza neles. Seu coração começou a bater de forma muito desagradável. Isso não estava indo nada bem.

— A questão, meu senhor — disse ela —, é que estou em uma situação delicada e preciso de sua ajuda.

Diante da infeliz escolha da palavra *delicada*, o conde enfim reagiu. Ele demonstrou sua repulsa, fazendo com que ela desse outro passo para trás, dessa vez de surpresa.

— Como exatamente deseja que eu a ajude com sua situação *delicada*? — ele disse por fim.

— Bem... bem... simplesmente não dizendo nada a ninguém — ela gaguejou.

— E o fato de não dizer nada a ninguém fará com que toda essa situação *delicada* desapareça? — perguntou ele com frieza. — Sem dúvida, madame, se o problema for tão *delicado* como a senhora diz, simplesmente ignorá-lo será o mesmo que enfiar a cabeça em um vespeiro.

Atordoada, ela o encarou, desejando que ele parasse de repetir a maldita palavra *delicada*. O que diabos havia de errado com esse homem?

— Gostaria apenas de pedir que continue em silêncio caso tenhamos a oportunidade de nos encontrar no futuro — ela respondeu enfim. — Por acaso isso é pedir muito?

— Depende do preço, madame. Presumo que haverá um preço? — Se a voz dele já estava fria antes, agora estava gélida quando ele continuou: — Se o seu plano era me deixar sem escolha ao passar a noite sozinha comigo, pensou errado.

Temperança o encarou furiosa:

— Deixá-lo sem escolha? Eu... eu não faço ideia a que se refere — ela sussurrou, sentindo-se como se estivesse em um pesadelo.

— Posso lhe garantir — continuou ele — que não tenho a intenção de reivindicar o bebê como meu, se de fato *houver* um bastardo em seu ventre.

— Está louco? — soltou Temperança, sua raiva começando a superar seu medo. — Acha que estou grávida e quero que se *case* comigo? — Ela colocou todo o desprezo que pôde na pergunta e deu um passo à frente. — Posso lhe garantir, senhor, que não estou grávida, além disso, não quero me prender a um... um patife como o senhor, nem agora, nem *nunca*. — Ela bateu o pé para dar ênfase, e Adam a olhou com um sorriso de desdém.

— Ora, aqui está ele outra vez, o famigerado gênio forte pelo qual Temperança Shackleford é conhecida em toda parte — ele zombou, sua raiva dominando-o por algum motivo que nem ele entendia.

— Seu... seu maldito — sussurrou Temperança e, antes que pudesse pensar, estendeu o punho e sentiu acertar de forma muito satisfatória o nariz dele.

De alguma maneira, o choque da ação dela foi suficiente para dissipar sua raiva irracional. O que diabos estava fazendo? Talvez ela estivesse certa, ele *estava* louco. Lorde Ravenstone tocou o nariz com cuidado para verificar se estava sangrando. Em seguida, ele piscou e encarou a moça trêmula diante dele. Tudo parecia quase surreal. Não fazia ideia do motivo, mas o fato é que Temperança Shackleford despertava todos os seus instintos desonrosos. Raios, ele precisava voltar para um mundo com o qual estivesse familiarizado.

— Acho que talvez fosse benéfico para nós dois esquecermos isso e todas as vezes que nos encontramos, senhorita Shackleford — disse ele finalmente, seu tom gélido e educado.

Temperança se ajeitou, controlando-se para não dar um chute bem no meio das pernas dele.

— Pois era só isso que eu queria lhe pedir, milorde, e a razão pela qual solicitei este encontro. Agora que chegamos a esse... entendimento... mutuamente benéfico, desejo-lhe um bom-dia. — Sem esperar pela resposta dele, ela se virou e caminhou de volta para a praça do vilarejo com o máximo de dignidade que conseguiu.

Adam permaneceu imóvel. Deus do céu, que desastre completo e absoluto ele tornara aquilo tudo. Balançando a cabeça, desgostoso consigo mesmo, começou a longa caminhada de volta a Blackmore. Quanto mais cedo ele voltasse à relativa sanidade de Londres, melhor. Estava certo em sugerir que ambas as partes esquecessem completamente toda aquela palhaçada. Não haveria motivo algum para que ele e Temperança Shackleford voltassem a se ver.

Infelizmente, para o conde de Ravenstone, a *palhaçada* ainda não havia terminado. Quando ele sumiu de vista, Lady Fotheringale apareceu na esquina, desviando-se da parede derrubada atrás da qual estava escondida, com a boca curvada em um sorriso diabólico.

De fato, outras testemunhas da humilhação de Temperança Shackleford menos malvadas contaram aos ávidos ouvintes do Red Lion que o sorriso de Gertrude Fotheringale tinha sido realmente maligno.

Dolly Smith, entretanto, viu uma oportunidade de ouro. Uma chance que não havia surgido para ela desde que seu marido imprestável havia colocado um paletó de madeira. Que se dane ser uma professora de boas maneiras ou a maldita esposa de um coadjutor. Dolly balançou a cabeça. Por que diabos ela deveria se contentar com migalhas quando podia ir direto para a galinha dos ovos de ouro?

Ao deixar o Red Lion com Percy, o reverendo Shackleford viu Gertrude Fotheringale saindo de um beco pouco usado. Agora, convencido de seu caráter duvidoso, ele a observou com os olhos estreitos, perguntando-se que motivo ela poderia ter para se esconder ali. Infelizmente, não tinha tempo para investigar exatamente em que tipo de trapaça a mulher estava envolvida, e ficou claro que Percy ainda estava muito abalado por ter escapado por pouco de uma das situações mais horríveis em que poderia estar.

Com um suspiro de frustração, Augusto Shackleford se virou com relutância para o seu preocupado coadjutor, que felizmente não tinha visto seu antigo interesse amoroso.

— Venha, Percy, meu caro — disse ele com aspereza. — Se nos apressarmos em voltar para a paróquia, tenho certeza de que teremos tempo para uma rápida dose de conhaque antes de começar o sermão de domingo. — Percy concordou com a cabeça, grato e sem saber o verdadeiro motivo de o reverendo Shackleford lhe oferecer outra dose de bebida.

Se o coadjutor resolvesse ser discreto ao compor o sermão da semana seguinte, haveria menos chances de o reverendo ter de fazer um sermão para seu rebanho a respeito dos inegáveis perigos da fornicação fora do casamento...

Temperança mal conseguia se lembrar de sua caminhada de volta à paróquia. Quando saiu do vilarejo, não pôde mais conter as lágrimas. Na verdade, estava chorando tanto que mal conseguia enxergar por onde andava e tropeçou mais de uma vez.

Então até mesmo o conde de Ravenstone a considerava uma mulher decaída. Como ela poderia esperar conseguir um par adequado, já que claramente tinha uma predisposição para pensar em coisas impuras? De fato, mesmo quando Lorde Ravenstone estava ocupado insultando-a, havia uma pequena voz lá no fundo que se maravilhava com seus olhos cinzentos brilhantes e seus ombros largos.

Como filha de um clérigo, ela tinha, é claro, um ouvido conveniente para qualquer confissão. Entretanto, a ideia de admitir para o pai que talvez fosse uma Jezebel a enchia de horror. Não conseguia nem imaginar a reação do reverendo. Teria sorte se ele a deixasse sair de casa outra vez. Em seus piores pensamentos se via uma velha solteirona vestida com trapos, trancada para sempre no quarto.

Por sorte, quando chegou em casa, não estava mais chorando, e a única evidência restante de sua angústia eram os olhos, ainda inchados e um pouco avermelhados. Havia chegado à conclusão de que confessar ao pai estava fora de questão. Na verdade, deu-se conta de que, daquele momento em diante, deveria guardar seus sentimentos mais íntimos para si.

Para o resto de sua vida.

Ela conseguiu chegar ao seu quarto sem ser vista e, para sua sorte, Esperança e Confiança não estavam lá. Ao pegar a tigela de água usada pela manhã e deixada na cômoda, se apressou em lavar os olhos. Pelas suas contas, ela tinha mais de uma hora até que Graça e a senhorita Beaumont chegassem. Se ficasse sozinha e quieta até essa hora, com sorte ninguém perceberia que estivera chorando. Pegou um livro, sentou-se no assento da janela e encarou a primeira página enquanto sua mente continuava um turbilhão.

Não havia motivo algum para que ela encontrasse Lorde Ravenstone em sua apresentação à alta sociedade. O conde frequentava círculos totalmente diferentes. Ele era conhecido por ser um libertino que havia deixado bem claro para todos que não tinha a intenção de se casar. Portanto, ele não tinha interesse nas idas e vindas da safra de debutantes desta temporada, muito menos participaria de quaisquer funções destinadas a apresentar essas jovens mulheres casadouras à alta sociedade. Ele também havia deixado bem claro que ambos deveriam esquecer o pouco tempo que passaram juntos, portanto ela não tinha motivos para supor que ele agora tentaria arruiná-la. Na verdade, ele também poderia ser malvisto se todos ficassem sabendo de uma história tão sórdida, por isso ela estava razoavelmente confiante de que ele ficaria em silêncio.

Por que, então, seu coração doía tanto com a ideia de nunca mais vê-lo?

Capítulo 11

A carruagem que levava Temperança e sua irmã para Londres seguia em um bom ritmo. Embora ela nunca tivesse ido além de Dartmouth em toda a sua vida, sua ansiedade em relação aos próximos meses era tamanha, que não conseguia aproveitar a novidade de deixar Devonshire. Passaram a noite anterior em uma estalagem e agora se aproximavam dos arredores de Londres. Por alguma razão, agora que finalmente chegaram, sua apreensão começou a diminuir um pouco e, pela primeira vez desde que o pai concordara que o duque e a duquesa de Blackmore patrocinassem sua saída, Temperança se permitiu relaxar um pouco e observar a agitação ao seu redor.

Ao se lembrar da conversa na paróquia, Temperança não pôde deixar de abrir um sorriso melancólico para si mesma. Quando Graça entrou na pequena sala de estar, parecia que um abismo havia surgido de repente entre ela e o resto da família Shackleford. Cada gesto da irmã denotava que ela era uma duquesa — na verdade, ela tinha conseguido não tropeçar em nada, pela primeira vez —, e Temperança suspeitava de que ela estava tentando causar uma boa impressão caso o pai decidisse bancar o do contra. Ela não precisava ter se preocupado. Se o reverendo pudesse, ele mesmo teria empacotado as coisas de Temperança.

Embora presente, a conversa parecia se desenrolar como se ela não estivesse lá. A única interrupção de Temperança foi quando Graça sugeriu que pedissem o apoio do conde de Ravenstone:

— Meu marido gostou muito da companhia dele e creio que o conde receberia bem qualquer pedido de apresentações.

Com o coração na boca, Temperança interrompeu:

— Eu... eu tenho certeza de que não seria uma boa ideia envolver Lorde Ravenstone em minha apresentação, Graça. Embora a companhia dele em Blackmore tenha sido muito agradável, a visita dele foi a pedido de sua mãe. Deve estar ciente de que, embora seja muito simpático, ele certamente não tem a reputação de um cavalheiro que acompanha debutantes e, se ele se dignasse a fazer isso por mim, poderia muito bem ocasionar... mexericos.

Graça franziu a testa e, em seguida, acenou com a cabeça devagar:

— Tem razão, Tempy — disse ela. — O que acha, Felicity?

Depois de dirigir um olhar breve, porém astuto, para sua mais nova protegida, a senhorita Beaumont inclinou a cabeça em concordância:

— Lorde Ravenstone é, como disse, uma companhia muito agradável, mas, como Temperança falou, ele com toda a certeza não é conhecido por acompanhar debutantes. — Ela fez uma pausa e continuou com delicadeza: — Perdoe-me por mencionar isso, querida Graça, mas sua apresentação à alta sociedade não foi lá um sucesso absoluto e não posso negar que parte da culpa seja minha.

Graça balançou a cabeça pesarosamente:

— A culpa foi toda minha, Felicity. Não deve se culpar de forma alguma.

A senhorita Beaumont sorriu para a duquesa e prosseguiu:

— No entanto, seu conhecimento da alta sociedade e seus modos eram e ainda são... limitados. — Ela abriu um sorriso desculpando-se, amenizando qualquer tom de crítica de suas palavras. — A alta sociedade estará de olho na apresentação de sua irmã e, ouso dizer, cheia de *expectativa*. É de extrema importância que Temperança não ceda à sua... natureza impulsiva.

— Quer dizer não fazer um papelão como eu fiz — comentou Graça com uma risada breve.

— Não foi o que eu quis dizer — murmurou sua amiga gentilmente.

— Bem, seja como for — interrompeu o reverendo, por algum motivo parecendo desconfortável —, tenho certeza de que Temperança se esforçará para se comportar como uma dama de sua estirpe. — Ele sorriu para sua segunda filha. — Não tenho dúvidas de que agora ela entende que nada tem a ganhar com sua impetuosidade.

Todos os olhares foram direcionados para o objeto de sua discussão, e Temperança conseguiu dar um aceno gracioso com a cabeça enquanto desejava que um buraco se abrisse no chão e a engolisse.

Ela mal viu os dias seguintes passarem, cheios de lições diárias de etiqueta com a senhorita Beaumont em Blackmore. Foi só quando a pequena dama determinou que a conduta de sua protegida estava aceitável que o duque e a duquesa enfim fizeram planos para ir a Londres. Lady Felicity declarou sua intenção de viajar alguns dias antes, supostamente para rever conhecidos, mas Temperança suspeitava que ela estivesse mais interessada nos boatos que circulavam pela alta sociedade. A senhorita Beaumont insistiu em dizer que se manter à frente dos mexericos era de extrema importância.

Voltando sua atenção ao presente, Temperança olhou de relance para a irmã. Graça estava cochilando, a cabeça recostada no suntuoso estofamento da carruagem. Estavam apenas as duas, pois o duque fora na frente para garantir que a casa da cidade estivesse pronta para a chegada delas. Os dias em que eram apenas as duas filhas mais velhas de um clérigo do interior pareciam estar muito distantes.

Temperança relembrou as primeiras semanas do casamento de sua irmã com o duque de Blackmore e o plano da inexperiente duquesa, reconhecidamente maluco, para forçar o marido a deixá-la de lado. Graça envolveu todas as suas irmãs na criação do maior caos possível, na esperança de que o duque ficasse sabendo e voltasse da Escócia. Na época, ela ficara muito infeliz, Temperança bem sabia. Ela também sabia que o comportamento delas duas resultara na tentativa fracassada de sequestro do reverendo. Não fazia ideia do que seu pai esperava ganhar fazendo algo tão absurdo e, embora não soubesse exatamente o que havia acontecido em Londres para que sua irmã fosse mandada de volta para casa em desgraça, ela supunha que tivesse algo a ver com o fato de que, de alguma maneira, todos tenham tomado conhecimento do plano sem pé nem cabeça do pai.

Temperança ficou apreensiva só de pensar que seus próprios erros tolos poderiam ser fonte de mexericos na alta sociedade, mas ela tentou se animar com o fato de que, de alguma forma, apesar de todas as confusões, Graça e Nicholas haviam se entendido e agora pareciam muito apaixonados um pelo outro.

De fato, Temperança decidiu que se esforçaria ao máximo para deixar a irmã orgulhosa. Não só isso, tentaria ser o exemplo do decoro.

A primeira impressão que Temperança teve da casa dos Sinclair em Londres foi muito diferente da que a irmã teve. Naquela ocasião, como era a primeira visita de Sua Graça desde que a casa havia sido toda reformada, os funcionários estavam alinhados no saguão de entrada. Temperança percebeu que grande parte dos sorridentes criados à espera pareciam ter alguma deficiência física.

Ela não se surpreendeu. Desde que sobrevivera por pouco à Batalha de Trafalgar, o duque fazia questão de empregar principalmente veteranos que haviam sido obrigados a deixar a Marinha Real. Muitos haviam perdido membros durante o bloqueio e a batalha, e ver um lacaio ou um ajudante de estábulo com uma perna só era comum na casa do duque. A maioria das funcionárias havia crescido na propriedade do duque ou era da família daqueles que haviam morrido a serviço do rei e do país.

Senhora Jenks, a governanta alta e magra, deu um passo à frente, com um amplo sorriso de boas-vindas:

— Vossa Graça, que bom revê-la. — Ela fez uma pausa e acenou com a mão em volta do salão claro e arejado. — Espero que a nova decoração esteja do seu gosto. Tomei a liberdade de preparar um aperitivo na pequena sala de estar. Lady Felicity aguarda Vossa Graça lá.

Graça respondeu com um sorriso encantado:

— De fato, gostei muito — disse ela, animada. — Fez toda a diferença, não acha?

Graça se voltou para Temperança.

— Não faz ideia do quanto está diferente, Tempy. Este salão era tão sombrio da última vez que estivemos aqui. — Ela pegou a mão da irmã. — Senhora Jenks, esta é minha irmã Temperança, ela ficará conosco durante a temporada.

A governanta fez uma pequena reverência:

— Muito prazer em conhecê-la, milady.

Temperança deu uma risada um pouco nervosa.

— De lady eu não tenho nada, senhora Jenks, apenas Temperança, por favor.

Antes que a governanta pudesse responder, Graça puxou a mão da irmã com impaciência.

— Venha, Tempy, vamos nos juntar à Felicity na sala de estar. Quando chegamos aqui, esse era o único cômodo alegre da casa, porque foi o único decorado pela mãe de Nicholas. Ela tinha muito bom gosto, e eu tomei a decoração como guia para o resto da casa. — Ela se voltou para a senhora Jenks. — Muito obrigada por sua maravilhosa recepção, senhora Jenks — comentou graciosamente. — Mal posso acreditar nas mudanças que a senhora já fez.

Embora estivesse com pressa, ela fez questão de parar e trocar algumas palavras com cada um dos criados que a aguardavam. Esse era um lado de Graça que Temperança nunca tinha visto. Quando chegaram ao final da escada, Graça franziu a testa de repente e se voltou para a governanta:

— Senhora Jenks, onde está Bailey? Como ele está?

— Está bem, Vossa Graça, mas a gota está lhe causando um problema crônico, por isso Sua Graça ordenou que ele ficasse na cama por alguns dias. — Graça acenou com a cabeça em sinal de concordância. — Suponho que meu marido esteja no escritório?

— Sim, Vossa Graça. Vou informá-lo de sua chegada.

— Não precisa, senhora Jenks, a chegada de minha esposa foi alta o suficiente para que eu ouvisse do outro lado da cidade. — Uma voz masculina e seca veio do topo da escada.

— Não faço ideia a que se refere, Nicholas — protestou Graça com uma risada, pegando as saias e subindo as escadas às pressas até o marido. Bem acostumado com a tendência da esposa de tropeçar até mesmo no menor obstáculo, o duque desceu para encontrá-la e, esquecendo-se dos demais ali presentes, inclinou-se para entrelaçar o braço dela com segurança no seu e lhe dar um beijo demorado. Temperança, subindo os degraus mais devagar, deu um suspiro baixinho. Com sua propensão a amarrar a cinta-liga em público, sem mencionar seus pensamentos pouco virtuosos, suas chances de ter um amor para chamar de seu, ou alguém, eram remotas na melhor das hipóteses. Sem saber o motivo, sentiu seus olhos se encherem de lágrimas e, mais inexplicavelmente ainda, seus pensamentos voaram para o conde de Ravenstone.

Por sorte, ela não teve muito tempo para se afundar em autopiedade, pois o duque, depois de se afastar da esposa com relutância, se virou para ela com um sorriso de boas-vindas:

— Como vai minha cunhada favorita? — perguntou.

Temperança deu uma risadinha quando chegou ao topo da escada.

— Talvez devesse reconsiderar sua definição de favorita, Vossa Graça — comentou. — Tenho certeza de que estará usando uma palavra bem diferente até o final da temporada. — Ela fez uma pequena reverência, à qual o duque respondeu com uma inclinação formal de sua cabeça, seguida de uma risada sombria que estragou o clima formal da reverência.

— Você tem tempo para tomar um chá conosco? — perguntou Graça, pegando a mão do marido. — Teremos uma reunião estratégica — acrescentou ela com ar misterioso, piscando para Temperança.

O duque estremeceu:

— Sei muito bem que entre as mulheres uma reunião estratégica é apenas uma desculpa para falar de ninharias. Em vez disso, vou me retirar para o meu clube. — Ele se inclinou para beijar a esposa outra vez. — Não se esqueça de me contar as *estratégias* no jantar.

Rindo, Graça o observou sair e, voltando-se para a irmã, disse com uma voz firme como quem não admitia ser contrariada:

— Guarda-roupa…

Duas horas depois, foi feita uma lista dos itens de vestimenta que a duquesa e a senhorita Beaumont consideravam essenciais e outra dos itens considerados desejáveis, mas dispensáveis. Temperança apenas sentou-se perplexa.

— Pedi que a modista nos atenda amanhã — disse Graça.

— Por que diabos eu preciso de todos esses trajes ridículos? — A pergunta de Temperança foi ignorada.

— Sei que isso não é algo que lhe apetece, Graça — acrescentou a senhorita Beaumont —, mas creio que também devamos considerar sua apresentação na Corte.

Graça suspirou:

— Já discutimos isso, Felicity. Não vejo necessidade de todo esse alvoroço apenas porque sou casada com um nobre do reino.

— Receio que precise discordar, minha querida. O duque não frequenta a alta sociedade há muitos anos e, mesmo agora, está mais propenso a se enfiar no campo do que a socializar com pessoas de sua estirpe. No entanto, não tenho dúvida de que até ele está ciente das repercussões do desprezo advindo de uma monarca. — Ela pegou a mão de Graça e continuou, seu tom paciente: — Se o novo duque de Blackmore não apresentar sua esposa à rainha, pode ser considerado um insulto por Sua Majestade e, como seu marido ainda é uma incógnita, cair em desgraça com a realeza quase certamente resultará no ostracismo dos demais.

— E ele não se importará nem um pouco se isso ocorrer — argumentou Graça.

— Concordo, minha querida. Mas e quanto à Temperança? Suas chances de encontrar um bom partido acabarão antes mesmo de começarmos. Ela não tem um dote a seu favor e precisa das suas conexões com Sua Graça. — Ela soltou a mão de Graça com um último tapinha carinhoso. — Dito isso, não passará por esse tormento sozinha, pois sua irmã será apresentada ao mesmo tempo. — A matrona olhou para Temperança, que agora estava sentada boquiaberta, horrorizada com a ideia de ser apresentada à rainha.

A duquesa curvou o lábio superior, pensativa.

— Será caro — disse ela por fim.

— Nada que seu marido não possa pagar — respondeu Lady Felicity, direta.

— Não é que ele seja sovina — suspirou Graça —, mas precisarei convencê-lo de que não é um completo desperdício de dinheiro gastar tanto em dois vestidos que, com grande probabilidade, serão tão horríveis que nenhuma de nós pensará em usá-los outra vez.

— Minha querida — respondeu a senhorita Beaumont —, mas é claro que nem você nem Temperança serão vistas usando *qualquer* traje mais de uma vez.

— Mas isso é ridículo — soltou Temperança. — Eu só tenho três vestidos e já usei todos eles inúmeras vezes.

— Você não está em Devonshire agora — respondeu Lady Felicity, com um tom gentil.

Para desespero de Temperança, Graça finalmente concordou com a cabeça.

— Muito bem, falarei com Nicholas antes do jantar. — Ela se virou para a irmã. — Sei que tudo isso deve ser muito cansativo, para não dizer tolo, Tempy — observou ela. — Pode ter certeza de que me senti da mesma forma quando cheguei a Londres. De fato, mesmo agora, tudo me parece muito tolo. — Ela suspirou mais uma vez, então prosseguiu: — Mas, se quisermos lhe garantir um bom partido, infelizmente teremos que aderir a todas as tolices. — Ela se levantou e estendeu a mão. — Venha, querida irmã, vou pedir à senhora Jenks para levá-la ao seu quarto. Ao menos não terá mais de dividir um quartinho apertado com outras duas irmãs.

Capítulo 12

No caso, Lorde Ravenstone teve de suportar três dias da companhia da Condessa Viúva ao voltar a Londres. Ficou claro que, assim que se deu conta de que seu plano para casar o filho fora por água abaixo, sua mãe se cansou do campo e estava ansiosa para voltar às delícias da próxima temporada. Ela não parecia ter se incomodado com os comentários feitos por ele antes do sarau e manteve um fluxo incessante de conversas que Adam logo ignorou. Na maior parte do tempo, ele ficou sentado em silêncio, respondendo apenas quando não tinha outra escolha. Normalmente, a viagem até a cidade levaria apenas dois dias, mas o ferimento de Merlin exigiu que passassem uma noite a mais em uma estalagem. Por sorte, apesar do ferimento, o cavalo parecia o mesmo de antes. Quando chegaram aos arredores de Londres, Adam já estava quase convencido de que valeria a pena acabar na prisão de Newgate caso fosse a única maneira de fazer a mãe ficar quieta. Chegou a se perguntar se seria enforcado, já que era um conde. Ele certamente nunca tinha ouvido falar de nenhum cavalheiro com título — ou mulher, diga-se de passagem — que tivesse pagado com a vida por qualquer crime que tivesse cometido. *Provavelmente porque eles tinham o poder de garantir que não fossem pegos* — ele riu sozinho. E, riu outra vez, ao se dar conta do quão absurdos eram seus pensamentos. Precisava — e como — de uma bebida.

— Do que está rindo, Adam? — perguntou a fonte de sua imaginação sombria.

— Não sei se a senhora iria gostar, mamãe — respondeu Adam com rispidez.

A Condessa Viúva suspirou:

— Na verdade, entendo muito pouco do que você diz e faz, Adam. Você é uma incógnita para mim.

Adam inclinou um pouco a cabeça:

— Perdão, mamãe. Certamente não é minha intenção aturdi-la. Talvez devêssemos nos contentar com o fato de que jamais entenderemos um ao outro.

Sua mãe suspirou e começou a alisar as dobras das saias, dando a Adam uma boa indicação de que ela estava prestes a dizer algo que, sem dúvida, acentuaria o quanto suas opiniões eram diferentes.

— O que achou daquela criatura estranha: Temperança Shackleford?

Adam ergueu as sobrancelhas:

— Não a achei particularmente estranha — ele respondeu, tenso.

— Ela vai ser apadrinhada pelo duque de Blackmore. Sei que ela é irmã da duquesa e gosto muito de Sua Graça...

— Mas...? — comentou Adam com uma torção de lábios séria.

A Condessa Viúva continuou a mexer nas saias.

— É preciso dizer — ela continuou cuidadosamente — que a duquesa de Blackmore causou um grande alvoroço quando foi apresentada à alta sociedade há duas temporadas, especialmente pelo fato de ser filha de um clérigo.

— Não lhe pareceu um problema ficar na casa da filha de um clérigo quando ela a convidou para visitá-la — disse Adam, sua paciência por um fio. — E, se bem me lembro, a senhora até chegou a considerar a irmã *estranha* dela como possível esposa para o seu único filho. Acaso estava tão desesperada assim?

Os olhos de sua mãe finalmente se arregalaram diante da censura que ouviu em sua voz:

— Eu certamente não sugeri nada disso — protestou ela.

— Não vou discutir com a senhora, mamãe — Adam respondeu, balançando a cabeça. — Por favor, vá direto ao ponto.

A Condessa Viúva fez uma pausa e então prosseguiu com a mesma voz cuidadosa:

— Creio que talvez eu tenha errado ao convidá-lo para ir a Blackmore e, por isso, peço desculpas.

— Quer dizer, por ter me arrastado até lá com o pretexto de sua morte iminente?

— Eu só quero ser avó antes que me enterrem, é tão difícil para você entender isso? — respondeu a mãe, fazendo com que Adam soltasse uma bufada desrespeitosa.

— Desde quando você tem vontade de pegar um bebê no colo? Você odeia crianças. "Pequenos sacos chorões de ranho sujos", se bem lembro, foram essas suas palavras.

— Não mude de assunto — retrucou a mãe, recusando-se em dar-se por vencida. — Estou apenas questionando a decisão do duque de Blackmore de impor mais uma moça de baixa estirpe à alta sociedade. Na minha opinião, a alta sociedade deve se casar com a alta sociedade. É importante não diluir o sangue da aristocracia britânica.

Pasmo, Adam apenas encarou o rosto cheio de indignação da Condessa Viúva. Realmente, sua mãe o deixava sem palavras. Quando ele finalmente conseguiu falar, sua voz saiu rouca.

— Então, embora a senhora esteja desesperada para me ver casado, agora decidiu que deve ser com alguém de origem correta. Diga-me, mamãe, até onde devemos nos preocupar? Haveria algum problema se um dos ancestrais da minha futura noiva, há dez gerações, fosse — Deus que nos livre — um criador de porcos?

— Agora você está sendo ridículo — fungou a Condessa Viúva.

— Não, mamãe — ele retrucou —, a senhora é que é ridícula. Realmente se superou desta vez. Aceitou a hospitalidade de alguém que você claramente menospreza, apenas porque naquele momento lhe convinha. E agora está falando mal da mesma pessoa que lhe mostrou tanta bondade. — Adam balançou a cabeça. — E a senhora se pergunta por que não quero me casar.

— Eu não controlo suas decisões, Adam, já deixou isso bem claro. — Foi a resposta fria que ouviu de sua mãe. — E, acredite, eu preferiria que você permanecesse solteiro para sempre a diluir a linha Ravenstone com tamanha baixa estirpe.

Ela o encarou desafiadoramente e, se ele não estivesse tão irritado, teria admirado a coragem dela.

— Você não há de — repito — *não* há de proferir nenhuma de suas opiniões absurdas para outros membros da sociedade infernal que frequenta — disse ele calmamente. — Ocorre que me afeiçoei muito ao duque de Blackmore e não vou ficar parado e permitir que fale mal dele ou de sua família. Se eu sequer suspeitar que os está caluniando, minha ameaça anterior se cumprirá. — Ele se inclinou para a frente. — E você pode não me entender, mas me conhece bem o suficiente para saber que não estou brincando. Se você me desobedecer, não terei nenhum remorso em me casar não apenas com uma plebeia, mas com uma mulher da vida. De fato, terei o enorme prazer de fazê-lo. — Ele se recostou no assento, então terminou friamente: — E pense bem, mamãe. Não creio que a senhora queira ter o duque de Blackmore como inimigo. Ele não se envolve com as tolices da alta sociedade. Há um motivo pelo qual ele subiu na hierarquia e se tornou o capitão mais jovem da frota de Nelson.

A Condessa Viúva franziu os lábios, mas não disse mais nada e, pelo resto da viagem, ficaram sentados em um silêncio tenso. Felizmente, a provação durou apenas mais meia hora até que a carruagem finalmente parasse em frente à sua casa na cidade.

O conde saiu da carruagem primeiro e subiu rapidamente os degraus para tocar a sineta da porta da frente, deixando que o cocheiro ajudasse a Condessa Viúva a descer. Como era sua intenção, a porta da frente foi aberta antes que sua mãe terminasse a laboriosa subida das escadas.

Ao passar por ela quando voltou, Adam fez uma breve pausa e disse em voz baixa:

— Esta é a segunda vez que nos envolvemos em uma discussão dessa natureza, senhora. Espero que não haja uma terceira.

Então, sem esperar pela resposta dela, ele subiu na carruagem e ordenou ao cocheiro que seguisse. Naquele momento, enquanto a carruagem avançava, Lorde Ravenstone realmente desprezou sua mãe e tudo o que ela representava. Sabia muito bem que ela não era a única com essas opiniões arcaicas. Ele balançou a cabeça e suspirou. Quase inevitavelmente, seus pensamentos se voltaram para Temperança Shackleford. Achou que a moça atrevida havia saído de sua vida para sempre até saber que ela passaria a temporada na casa do duque. Embora fosse inevitável que seus caminhos se cruzassem ocasionalmente, seria fácil evitar os eventos dos quais ela provavelmente participaria. Além dos comentários maldosos de sua mãe, o sucesso ou fracasso dela no casamento não lhe interessava. Na verdade, tinha pena do pobre homem que acabasse com uma mulher tão cabeça-quente em sua cama.

Ignorando o aperto nas calças ao pensar em uma Temperança Shackleford ardente e apaixonada embaixo dele, Adam bateu bruscamente no teto da carruagem e, inclinando-se para fora da janela, ordenou ao cocheiro que o levasse até a residência de sua amante. Já era hora de buscar conforto nos braços de alguém que provavelmente não o mataria durante o sono.

Lady Gertrude Fotheringale passou quase uma semana remoendo os detalhes de seu plano para extorquir o conde de Ravenstone. Sua intenção era cravar suas garras nele enquanto ainda estivesse residindo em Devonshire. No entanto, infelizmente para ela, Lorde Ravenstone voltou a Londres no dia seguinte à sua esclarecedora discussão com a moça Shackleford.

Para não acabar nas ruas outra vez, Gertrude Fotheringale seria obrigada a trocar seu chalé aconchegante — pelo menos por um tempo — pelas delícias não tão tranquilas da cidade.

Ela não tinha intenção de se tornar Dolly Smith outra vez, portanto precisava ficar o mais longe possível dos lugares que frequentara outrora. Havia muitos trapaceiros e ladrões com ótima memória apenas esperando que ela reaparecesse para saírem correndo e a dedurarem ao chefão. O mero fato de retornar a Londres era muito perigoso para alguém em sua situação, embora não tivesse escolha: precisava agir logo senão perderia a oportunidade. E, de qualquer forma, Gertrude Fotheringale estava convencida de que sua aparência havia mudado o suficiente para mantê-la fora das garras do chefão, desde que fosse cuidadosa. Mas, para isso, ela precisaria de mais dinheiro do que tinha no momento.

Tudo o que tinha era uma joia — que conseguira roubar de um cadáver quando ainda era Dolly Smith — que estava guardando para uma ocasião como essa. Ela não podia se arriscar a vendê-la em Londres. A infeliz vítima era de uma família antiga e de renome e, mesmo depois de sete anos, a peça poderia ser reconhecida. Em vez disso, pretendia tentar a sorte em um lugar mais provinciano.

A cidade litorânea de Torquay era o meio mais seguro de conseguir o dinheiro de que precisava. A apenas uma hora de distância de carruagem, sempre havia muitos navios da Marinha Real — vindos da guerra contra Napoleão — ancorados na baía, com muitos oficiais que tinham esposas com gostos caros e sem muitos escrúpulos. É claro que precisaria vender a peça por um valor muito inferior ao seu valor real, de modo que não haveria o suficiente para mantê-la até que ela finalmente se juntasse ao seu marido idiota no andar de baixo, mas, com alguma sorte, lhe renderia dinheiro suficiente para continuar com seus planos...

— Estou completamente ridícula — resmungou Temperança, olhando-se no espelho.

Sua criada recém-contratada, Alice, abriu a boca para protestar e depois abafou uma risada. Temperança fez uma careta para a jovem e, em seguida, inclinou a cabeça para um lado para ver se a enorme engenhoca de penas em sua cabeça se movia um pouco.

Não se moveu, mas o esforço lhe deu uma dor de cabeça enorme e a sensação de ter todo o cabelo arrancado pela raiz lentamente.

Uma batida na porta pôs fim à sua encenação e, com um suspiro triste, Temperança pegou sua bolsa de mão e foi atender ao que era, sem dúvida, uma convocação. Ela estava certa.

— O duque e a duquesa aguardam a senhorita no vestíbulo, milady — sibilou Bailey, claramente sem fôlego depois de subir as escadas.

— Bailey, por que não mandou um lacaio? — perguntou Temperança, colocando as luvas.

— Estou muito bem, obrigado, senhorita Temperança — respondeu Bailey com uma breve reverência.

Temperança balançou a cabeça, exasperada. Nas duas semanas em que esteve em Londres, ouviu tanto o duque quanto a duquesa repreenderem seu mordomo idoso em várias ocasiões por insistir em tentar subir as escadas. Todas sem sucesso. Com um passo à frente, ela tentou passar pela porta. No entanto, a armação da saia era tão grande que só conseguiu sair de lado. Descer a escada também não foi fácil e, quando chegou ao vestíbulo, sua respiração ofegante se equiparava à do mordomo.

O sorriso malicioso no rosto do duque também não ajudou em nada. Com uma fungada rude para o cunhado, ela se virou para a irmã que, sinceramente, parecia ainda mais ridícula do que ela. Temperança não conseguiu se conter e começou a rir. Graça pareceu brevemente indignada e, depois de dar uma olhada para o marido também sorridente, juntou-se à hilaridade.

— Como raios todos nós vamos caber na carruagem? — Temperança questionou entre gargalhadas.

— Creio que a preocupação deveria ser em como raios vamos sair dela — brincou Graça.

— Olha a boca, damas — riu o duque. — Teremos apenas que garantir que ninguém as veja saindo, pois posso acabar tendo de me apoiar na lateral da carruagem para puxar cada uma para fora como uma rolha de garrafa. — Seus comentários provocaram mais ataques de riso.

— Basta — exclamou Graça por fim. — Se continuarmos assim, perderemos o evento todo.

— A esperança é a última que morre — suspirou Temperança, balançando a cabeça.

118

— A carruagem foi trazida à porta, Vossa Graça. — O lacaio foi abrir a porta da frente.

— Venha, Tempy — comentou Graça. — Podemos parecer um par de papagaios estufados, mas quanto mais rápido acabarmos com isso, mais rápido essas penas poderão ser esquecidas no sótão. — Vamos mostrar nossa elegância à Sua Majestade.

Capítulo 13

Reverendo Shackleford não sabia por que estava tão melancólico. Na verdade, dado o fato de que Temperança havia partido para Londres há quase três semanas sem fazer papel de tola, ele deveria é estar comemorando.

Com um suspiro, decidiu que precisava fazer alguma coisa e resolveu levar Freddy para procurar Percy. Ficar definhando na casa paroquial não melhoraria em nada seu humor. Talvez o coadjutor estivesse disposto a fazer uma visita inesperada ao Red Lion. Ainda faltavam duas horas para o jantar — tempo suficiente para beber uma ou duas canecas de cerveja.

Como era de se esperar, encontrou Percy focado no sermão de domingo. O reverendo não pôde deixar de se perguntar o que mais o assistente costumava fazer. O homenzinho estava na sacristia da pequena igreja, franzindo a testa com uma pena na mão.

— Pelo visto, Percy, estava mesmo precisando de mim. Está claro que precisa de alguma inspiração divina, e qual a melhor maneira de obtê-la do que uma hora na companhia de seu conselheiro espiritual?

O coadjutor olhou com cautela para o reverendo, empenhando-se ao máximo para pensar em uma desculpa. Geralmente, quando Augusto Shackleford o procurava, era porque tinha um problema sobre o qual desejava refletir. E resolver os problemas do clérigo invariavelmente acabava com os dois em uma situação ainda pior do que antes.

— Não aceitarei um não como resposta, Percy — continuou o reverendo, colocando-se firmemente na porta antes de soltar de propósito a guia de Freddy para permitir que o cão se atirasse com entusiasmo em seu segundo humano favorito.

Com um suspiro, o coadjutor largou a pena e se abaixou para acariciar o cachorro animado.

— Sem dúvida, estaremos de volta à casa paroquial antes do jantar — acrescentou o reverendo, percebendo uma brecha nas defesas de Percy. — E soube que a senhora Tomlinson está fazendo o seu prato favorito: pudim de pão e manteiga.

O coadjutor resistiu a um estremecimento. Ao contrário do que o reverendo acreditava, o terrível pudim de pão e manteiga da cozinheira sempre ia da tigela de Percy para a boca de Freddy. Essa era uma das razões pelas quais o cão de caça o amava tanto. No entanto, ao ver que o senhor Shackleford ficaria ali na porta conversando com ele até o jantar, Percy percebeu que não tinha outra escolha a não ser ceder. Com um suspiro, levantou-se da cadeira.

Apenas quinze minutos depois, estavam confortavelmente na mesa de sempre no Red Lion. Apesar de ser cedo, a pousada tinha vários clientes, a maioria dos quais parecia estar observando o padeiro local escrever algo em um livro de registro. Com o cenho franzido, o reverendo se perguntou o que estavam fazendo, principalmente porque boa parte dos moradores provavelmente não conseguiria ler o que quer que o padeiro tivesse escrito. Ele cutucou seu coadjutor:

— O que acha que estão fazendo, Percy? — ele murmurou. — O que quer que seja, não parece nada de bom.

É claro que o assistente sabia exatamente o que os habitantes locais estavam fazendo. O que ele não sabia era no que eles estavam realmente apostando. Como homem de Deus, ele não costumava ficar a par dos detalhes do assunto, principalmente porque a maioria das apostas parecia estar centrada na família Shackleford. Como não queria ter problemas, Percy balançou a cabeça, murmurando:

— Tenho certeza de que não é nada, senhor. É o Will Forman que está escrevendo. Provavelmente está anotando os pedidos do pão de amanhã.

O reverendo estreitou os olhos para o rosto impassível de seu coadjutor e depois de volta para o pequeno grupo. Para alívio de Percy, depois de um momento, ele pareceu deixar aquilo de lado e tomou outro gole de cerveja de sua caneca.

Poucos minutos depois, o coração dele se afundou em uma sensação muito familiar quando o reverendo voltou a falar:

— A questão é que, Percy, meu caro, não há dúvida de que eu deveria estar sentado aqui me parabenizando por um trabalho bem-feito. Afinal de contas, não são muitos os clérigos que conseguem que duas filhas frequentem a alta sociedade — finalizou ele, melancólico.

— Isso é bem verdade, senhor — respondeu Percy, baixinho, por falta de algo melhor para dizer.

— Então, por que, você pergunta, estou tão triste? — Ele encarou o homenzinho com expectativa.

— É… sim, por que está tão triste? — Percy repetiu após alguns segundos, dando-se conta de que deveria responder algo.

O reverendo exalou ruidosamente e se voltou para sua caneca, tentando encontrar uma resposta para sua própria pergunta.

— Ocorre que — repetiu ele depois de outro interlúdio silencioso — estou estranhamente inquieto, mas não sei o motivo.

Percy ficou preocupado. Embora o reverendo não fosse conhecido por sua perspicácia, o coadjutor havia aprendido ao longo dos anos que, quando seu superior ficava incomodado com alguma coisa, em geral era por um bom motivo, porque era raro de ocorrer. Infelizmente, ele não tinha como dar a solução dos problemas de Augusto Shackleford, sobretudo porque ainda estava tendo seus próprios pesadelos depois de quase ter sido obrigado a se casar com Gertrude Fotheringale.

— Gertrude Fotheringale — anunciou o reverendo, fazendo com que Percy desse um pulo de susto, perguntando-se, com medo, se seu superior havia começado a ler mentes. — É essa mulher maldita o problema — continuou Shackleford, em alto e bom som. — Ela é a razão pela qual não estou agora relaxando no meu agradável escritório com um excelente conhaque enquanto eu sem dúvi…

— Peço perdão, reverendo. — Os dois homens deram um pulo com a interrupção inesperada. O reverendo, irritado; já o coadjutor, aliviado. Um pequeno homem com cara de fuinha se inclinou sobre a mesa olhando atentamente para os dois.

Augusto Shackleford abriu a boca para dar uma bronca no sujeito impertinente, mas de repente se lembrou de sua vocação. Na verdade, essa história toda o havia deixado um pouco mexido.

Ele respirou fundo:

— Como posso ajudá-lo, meu filho? — perguntou.

— É com aquela mercenária feia que dói que deve se preocupar, reverendo. — Foi a resposta direta do homem.

Reverendo Shackleford o encarou boquiaberto, realmente sem saber como responder à tal afirmação. Quem quer que fosse o homem, ele certamente não parecia precisar de aconselhamento espiritual. Na verdade, parecia mais preocupado em oferecer conselhos mais mundanos ao seu sacerdote.

— O senhor está se referindo à Lady Gertrude Fotheringale? — perguntou o reverendo, por fim.

— Essa mercenária mesmo — respondeu o estranho, fazendo com que o clérigo estremecesse desconfortavelmente, embora tivesse pensado a mesma coisa há pouco.

— Jacob, acho que já está na hora de contar ao reverendo toda a maldita... perdão, reverendo, a coisa toda — acrescentou outra voz, desta vez de um homem enorme com um narigão.

Reverendo Shackleford franziu o cenho. Ele não reconheceu nenhum dos dois homens de sua congregação, mas, ao olhar para Percy, ficou claro que seu coadjutor os conhecia.

— O que quer contar ao reverendo, Thomas? — perguntou Percy.

— Aquela mulher, Gertie Fotheringale, não tem um pingo de honestidade.

— Uma trambiqueira e tanto.

— Ora, vocês estão exagerando — esbravejou o reverendo, achando que já era hora de intervir como representante terreno de Deus em Devonshire, pelo espírito do Todo-Poderoso de amar todas as criaturas vivas e essas coisas...

Jacob e Thomas balançaram a cabeça com veemência.

— E isso não é nem a metade. Além disso, ela planeja fazer mal à sua menina.

O reverendo Shackleford sentiu todo o vago desconforto que sentiu nas últimas semanas pesar no estômago.

— É verdade, ela me pareceu mesmo muito suspeita — admitiu ele.

— Ela é isso e muito pior — concordou Jacob.

— O que exatamente ela pretende fazer? — perguntou Percy. Além de ser acometido pelo mesmo mal-estar, ele ainda teve a infelicidade de experimentar a maldade de Gertrude Fotheringale em primeira mão.

Jacob suspirou e olhou para seu companheiro.

— Acho que é melhor você contar para o reverendo, Thomas, já que é letrado.

O homem grande acenou relutante com a cabeça e respirou fundo:

— Ela estava ouvindo uma conversa particular entre a senhorita Temperança e... — ele parou por um segundo, engolindo em seco — o conde de Ravenstone — concluiu com pressa.

O reverendo sentiu o caroço se mover inexoravelmente em direção à sua garganta:

— Espero que não estejam de brincadeira comigo, senhores — soltou ele com a voz rouca, no fundo desejando que não passasse de uma brincadeira.

— Juro por tudo que é mais sagrado — disse Thomas, fazendo o sinal da cruz.

— E onde exatamente ocorreu essa conversa particular? — o reverendo se forçou a perguntar.

— Atrás do velho celeiro de dízimos.

Augusto Shackleford não conseguiu evitar e soltou um pequeno gemido e em seguida tossiu para disfarçar.

— Sabe sobre o que eles estavam conversando? — ele finalmente conseguiu perguntar.

Os dois homens se entreolharam mais uma vez:

— Sim, seu reverendo — comentou Jacob, sem jeito. — O velho Willy parecia estar passando na mesma hora e viu Gertie escondida atrás de uma parede. — Houve uma pausa. — Acho que o Willy precisava de alguma coisa do celeiro...

— E então, Willy ouviu tudo o que foi dito e, supostamente, contou a você? — questionou Percy.

— Ele contou para todo mundo— respondeu Thomas, sincero. — Mas a questão é que, reverendo, gostamos muito do senhor, assim como da sua família, e ninguém neste vilarejo sonharia em contar a alguém de fora.

— Mas Gertrude Fotheringale não compartilha da sua opinião, presumo — murmurou o reverendo.

— Não. Por dinheiro, ela venderia a própria mãe.

— Então, sobre o que exatamente minha filha estava falando com Lorde Ravenstone? — Augusto Shackleford tinha certeza absoluta de que não queria saber.

— Ele estava perguntando a ela... quero dizer, à senhorita Temperança... se... se... ela estava... ela estava...

— Se ela estava o quê? — sussurrou o reverendo, prestes a chamar o Hugo.

— Grávida.

O reverendo olhou para os dois homens, incrédulo.

— O velho Willy disse que Sua Senhoria falou algo sobre eles terem sido obrigados a passar a noite juntos em um celeiro.

— Sozinhos.

O reverendo se lembrou da noite anterior ao sarau. Ele sabia, sem sombra de dúvida, que tinha sido naquela noite que *tudo* havia acontecido. E ele pensando que o conde era um maldito cavalheiro...

— E Gertrude Fotheringale sabe disso tudo... dessa maravilha toda?

— Sim, reverendo, e não sei o que ela está planejando, mas ela odeia o senhor e Percy com todas as forças.

— Não queríamos lhe contar, seu reverendo — disse Jacob, sério —, mas não podíamos deixar Gertie lhe fazer mal. Precisamos atrapalhar seja lá o que for que ela estiver planejando, pelo bem da senhorita Temperança.

— O diabo que carregue aquela mulher maldita! — soltou Percy, incapaz de se conter.

— Onde está Lady Fotheringale agora? — perguntou o religioso. Nunca em toda a sua vida ficou tão irritado.

— Ela saiu às pressas para Londres — respondeu Thomas. — Juntou suas coisas e foi embora há uma semana.

— E se ela for uma dama, então sou um maldito príncipe — acrescentou Jacob. — Mas seja lá o que ela estiver tramando, reverendo, não é nada de bom.

— O que vamos fazer? — sussurrou Percy.

O reverendo tomou um longo gole de sua cerveja, então bateu a caneca na mesa e se levantou.

— Percy, meu caro, vamos para Londres — anunciou, decidido, então se dirigiu aos dois homens e falou com sua voz mais autoritária. — Creio que esse... essas... histórias para boi dormir não chegarão aos ouvidos de mais ninguém, não é?

— Não diremos uma só palavra, seu reverendo — respondeu Jacob.

— E quem abrir a boca vai ver só... Juro pela minha mãezinha que...

— Está bem, está bem — interrompeu o reverendo, impaciente. Ele acenou com a cabeça para os dois e se virou para ir embora.

— Ah, só mais uma coisa, reverendo — disse Thomas.

Augusto Shackleford se virou para trás, perguntando-se o que mais poderia ter dado errado.

— Willy disse que a senhorita Temperança perdeu a paciência e deu um belo soco no rosto de Sua Senhoria.

Capítulo 14

Em suma, Temperança Shackleford estava entediada. Sentiu-se a infeliz mais ingrata de todos os tempos e finalmente reconheceu o fato enquanto olhava ao redor do mais novo e reluzente salão de baile. Ela se desculpara com a irmã e Lady Felicity sob o pretexto de precisar de um pouco de ar. E, agora, estava sozinha e relutava em voltar para o meio da multidão.

Até o momento, sua estadia em Londres fora recheada de diversão. Bailes e festas, idas à ópera, ao teatro, ao Vauxhall Pleasure Gardens e ao Hyde Park; e até mesmo café da manhã servido à tarde, que a alta sociedade chamava de café da manhã veneziano. Quando perguntou se os moradores de Veneza costumavam fazer sua primeira refeição do dia tão tarde, olharam para ela como se fosse uma cabeça de vento.

Ou uma caipira...

Depois de um tempo, frequentava tantos eventos que todos começaram a se fundir em um só — especialmente porque as mesmas pessoas pareciam frequentar todas as ocasiões. E elas não tinham absolutamente nada de *interessante* a dizer. Tudo girava em torno dos últimos mexericos e, na maioria das vezes, quanto mais cruel, melhor.

Sua apresentação à rainha Charlotte tinha sido, na maior parte do tempo, monótona, consistindo basicamente de empurrões enquanto tentavam passar pela multidão no Palácio de Saint James.

Temperança se lembrava bem de dois momentos. O primeiro foi a descoberta de que ela e Graça certamente não eram as mais ridiculamente vestidas. De fato, algumas das jovens damas que estavam sendo apresentadas ostentavam plumas de avestruz maiores do que a ave de onde foram tiradas. Temperança perguntou-se como elas conseguiam ficar de pé. O segundo foi o fato de que nem ela nem Graça caíram ao se afastarem da rainha.

A pior parte foi ser descrita por Sua Majestade como tendo pelo menos a vantagem de ainda ter todos os seus próprios dentes. Portanto, além de não ser incomparável, ela não era nem mesmo aceitável.

E sem dúvida daí em diante as coisas foram se agravando.

Longe de ser a bela mais cobiçada do baile, quase ninguém notava Temperança e, apesar dos esforços da senhorita Beaumont — sem mencionar o duque de Blackmore que as acompanhava a todos os eventos para os quais tinha tempo —, os únicos cavalheiros que demonstravam algum interesse eram velhos ou feios, além de tediosos. E nenhum deles tinha um título.

Não que ela se importasse com um título, mas queria alguém com quem pudesse ter uma conversa animada. Os cavalheiros que a tiravam para dançar, na maioria das vezes, pareciam querer falar de si mesmos ou do frequentador mais ilustre do salão. Ter conversas animadas claramente não era uma habilidade que se preocupavam em desenvolver.

É claro que o fato de sua irmã ser casada com um duque garantia que ela fosse convidada para os eventos mais exclusivos, embora — como já esperava — ainda não recebera um convite para o clube exclusivíssimo da alta sociedade: o Almack's. Parece que Lady Jersey sugerira que talvez a senhorita Shackleford devesse pensar em demitir sua criada pessoal se ela não começasse a apertar seus corsets com um pouco mais de força.

Com um suspiro, Temperança se perguntou em quanto tempo sua irmã desistiria para que ela pudesse voltar a Devonshire. Com certeza, ela logo perceberia que sua irmã mais nova nunca serviria para mais do que um par aceitável. Temperança sabia que Graça queria apenas que ela fosse feliz. Contudo, na alta sociedade, uma mulher que fala o que pensa e de personalidade forte nunca passaria de uma mera curiosidade.

Ou motivo de chacota.

Sem querer, seus pensamentos voaram para Lorde Ravenstone, como acontecia com muito mais frequência do que ela gostaria. As conversas que ela teve com o conde podem não ter sido brilhantes, mas certamente foram animadas. E ele parecia ser o único homem que ela conhecera com quem experimentara qualquer tipo de emoção inquietante. Talvez esse negócio maldito fosse seletivo, afinal de contas. Pior ainda se houvesse apenas um homem que despertasse seus instintos mais primitivos. Um homem que ela provavelmente nunca mais veria.

Afinal, até agora, ela não o tinha visto nem de relance. Isso não era inesperado. Como ela já supunha, o conde de Ravenstone não se preocupava com o casamento, portanto não comparecia a nenhum dos eventos para os quais Temperança era convidada. Ah, ela já tinha ouvido todos os mexericos. Afinal de contas, apesar de sua aversão à alta sociedade e a tudo o que ela representava, estava certa em pensar que ele era considerado o solteiro mais cobiçado da temporada.

O problema para as mães casamenteiras era onde levar as filhas para que pudessem conhecê-lo de fato. Os clubes de cavalheiros e as apertadas casas de jogos não costumavam ser considerados locais para debutantes frequentarem em busca de homens com títulos.

Perdida em suas reflexões, Temperança de repente se deu conta de que a atmosfera ao seu redor havia se tornado peculiarmente carregada. A conversa havia se reduzido a um zumbido de fundo enquanto todos pareciam estar prendendo a respiração. Com o cenho franzido, ela olhou para cima. E o viu. Caminhando em sua direção, seus olhos se fixaram inabaláveis nos dela.

Por alguns segundos, ela se perguntou se ele não seria fruto de sua imaginação, criado por seu inegável desejo. Quando se deu conta de que ele era real e que estava realmente se aproximando, seu rosto ruborizou de uma forma muito imprópria. Temperança olhou ao redor, em desespero, procurando alguma maneira de sair dali antes que ele a alcançasse. Em vez disso, ficou parada, segurando o copo com tanta força que corria o risco de quebrá-lo e com o coração batendo tão forte que achava que as pessoas ao seu redor certamente o ouviriam.

Ele estava incrivelmente bonito no traje de noite. Seus cabelos escuros estavam levemente rebeldes e seu rosto era todo sombras e ângulos à luz das velas, quase lhe dando a aparência de um belo anjo. Um belo anjo *caído*. E, naquele momento, algo lhe dizia que estava prestes a se deparar com sua ruína.

Quando ele se aproximou, seus olhos deixaram o rosto dela para percorrer o resto de seu corpo, demorando-se nos seios e quadris. Desamparada, ela estremeceu, sentindo os bicos sensíveis dos seus seios endurecerem por vontade própria e um calor líquido invadir seu centro.

Somente para ele.

Ela se deu conta de que ele finalmente havia parado à sua frente. Na *sua* frente. Seus olhos fitavam os dela, brilhantes e dotados de uma diversão sombria. Ela respirou fundo e deu um leve passo para trás:

— O que está fazendo aqui? — murmurou ela, de forma deselegante.

O conde inclinou a cabeça, forçando-a a fazer uma reverência relutante.

— Que agradável vê-la novamente, senhorita Shackleford — disse ele cortesmente, suas palavras em desacordo com seu sorriso malicioso.

Quando ela não respondeu, ele se inclinou para sussurrar em seu ouvido:

— Tente ao menos parecer um pouco feliz em me ver. Como sem dúvida já sabe, temos plateia. — Inexplicavelmente, Temperança teve que lutar contra a vontade de inclinar a cabeça e dar a ele acesso ao lóbulo sensível de sua orelha. — Me daria a honra de uma dança? — continuou ele, endireitando-se.

Com o coração batendo forte, Temperança olhou rápido para os espectadores fascinados e então inclinou a cabeça graciosamente. Depois, cerrando os dentes, ela colocou o copo vazio em uma mesa próxima e pegou a mão que ele lhe estendeu, permitindo que a conduzisse até o salão de baile. Uma vez lá, ele fez outro aceno educado com a cabeça e puxou o corpo relutante dela para seus braços.

— Tente parecer um pouco animada, senhorita Shackleford — ele murmurou enquanto a levava para uma valsa. — Sua relutância em estar em minha companhia é muito mais prejudicial para você do que para mim.

— Por que está aqui? — foi tudo o que ela conseguiu comentar sem fôlego enquanto ele a girava.

— Pelo visto sou uma última tentativa de lhe garantir um bom partido. — Foi a resposta seca dele.

Ela apenas o encarou, as sobrancelhas erguidas em descrença.

— Estou aqui como um favor para o seu cunhado — esclareceu ele com uma risada sombria diante da expressão de ceticismo dela. — Parece que a senhorita não está alcançando os patamares que sua família esperava, e o duque me pediu para ajudá-la.

— Estou perfeitamente satisfeita com os patamares que alcancei, muito obrigada. — Foi a resposta tensa dela, fazendo-o rir alto.

É claro que praticamente todos na sala testemunharam que Temperança Shackleford, uma mera provinciana sem sofisticação do interior, tinha realmente conseguido fazer o conde de Ravenstone rir, uma observação que se espalhou pelo salão feito fogo no palheiro, catapultando a senhorita Shackleford de um anonimato confortável para uma séria candidata nas apostas matrimoniais da noite para o dia. Como era, sem dúvida, a intenção do conde.

— Muito me surpreende que tenha concordado com o pedido dele, dadas as circunstâncias de nosso último encontro — ela respondeu, lutando contra um desejo irracional de se inclinar em seu pescoço e dar-lhe uma fungada.

— Não é necessário que eu goste da senhorita — disse ele, girando-a de um lado para o outro —, preciso apenas dar a entender que gosto.

— Por favor, não se submeta a esse tormento por minha causa — respondeu Temperança, agora lutando contra uma vontade igualmente irracional de chorar.

O conde olhou para ela com uma expressão estranhamente atenta:

— O tormento vem em muitas formas, senhorita Shackleford — ele murmurou, olhando para os lábios dela e provocando um latejar, agora familiar, instantaneamente entre suas pernas.

A música chegou ao fim e, embora ela tenha se entregado aos braços dele com relutância, isso não foi nada comparado à sua relutância em sair deles.

Ela ficou ofegante, observando impotente enquanto ele lhe fazia uma breve reverência:

— Meus agradecimentos, senhorita Shackleford — ele comentou em um tom de voz alto o suficiente para que todos os que estavam por perto ouvissem. — Espero sinceramente que tenhamos a oportunidade de nos ver outra vez muito em breve. — Ele esperou um segundo, com uma expressão indecifrável, enquanto ela fazia a reverência exigida para um cavalheiro de sua posição e, depois de acompanhá-la de volta à duquesa e à Lady Felicity, o conde ficou apenas o tempo suficiente para fazer as saudações de praxe e, em seguida, foi embora.

Essa foi a noite em que Temperança Shackleford se tornou repentinamente o centro das atenções. Seu cartão de dança foi totalmente preenchido em quinze minutos e ela finalmente entendeu o que significava ser aceita — embora, previsivelmente, a elevação de sua condição não tivesse absolutamente nada a ver com sua personalidade intensa...

Gertrude Fotheringale conseguiu vender o colar roubado por uma quantia suficiente para lhe permitir alugar uma casa modesta em um bairro relativamente bem localizado nos subúrbios de Londres. Não era bem o bairro nobre conhecido como Belgravia, mas ainda assim era respeitável o suficiente para que não tivesse problemas com os criminosos que eram seus conhecidos.

Depois de se estabelecer confortavelmente, ela contratou uma empregada para todos os trabalhos domésticos e começou a tentar descobrir o máximo que podia do conde de Ravenstone. De fato, ela levou menos de uma semana para descobrir o endereço dele, os nomes e onde moravam seus amigos mais próximos e, o mais importante, seus hábitos.

Certa manhã, decidiu fazer uma caminhada no mesmo horário em que o conde costumava ir ao Clube de Boxe Gentleman Jack's. Depois de espioná-lo entrando no clube, ela esperou até que saísse, observando que ele estava sozinho em ambas as ocasiões.

Ela continuou a se posicionar discretamente em vários locais para verificar quando e onde surgiria a melhor oportunidade de abordá-lo. Infelizmente, na maioria das ocasiões, o conde entrava direto em sua carruagem ou era acompanhado por um ou mais de seus amigos. Depois de uma semana, ficou claro que a melhor oportunidade para ela era quando ele saía do Gentleman Jack's. Ele frequentava o local dia sim, dia não, e todas as vezes estava sozinho.

Decidiu enviar um bilhete, sugerindo um horário e um local de sua escolha, onde ela poderia fazer sua proposta ao conde sem correr muitos riscos. O intervalo de tempo entre a entrega do bilhete e o encontro deveria ser o menor possível. Gertrude Fotheringale não queria que Lorde Ravenstone tivesse muito tempo para especulações, e o bilhete teria de ser intrigante o suficiente para que ele quisesse saber mais. Ela aprendera, a duras penas, que ameaças diretas raramente funcionavam.

Para isso, ela finalmente colocou uma pena no papel e começou a escrever.

Reverendo Shackleford não queria ter de pagar uma carruagem para levar ele e Percy a Londres. No entanto, era imperativo que ninguém soubesse da sua viagem e, já tendo sido espremido entre outros passageiros em uma diligência pública, ele sabia muito bem que, quando chegassem ao destino, seus companheiros de viagem provavelmente já saberiam tudo dele, inclusive o tamanho de suas roupas e o que havia comido no café da manhã.

Consequentemente, embora relutante, abriu a mão e alugou uma carruagem na estalagem Coroa e Âncora em Torquay.

Com a ajuda discreta das gêmeas mais velhas, depois de lhes contar uma versão bem resumida da situação em que sua irmã estava, os homens fizeram a viagem até Torquay na charrete da paróquia. As crianças mais novas foram persuadidas de que um piquenique à beira-mar era exatamente o que precisavam agora que a primavera estava chegando, acompanhando assim os cavalheiros, e nenhuma delas pensou em questionar por que nem o pai, nem Percy, nem Freddy os acompanharam na volta a Blackmore no final do dia.

Quanto a Agnes, Augusto Shackleford decidiu, depois de muito ponderar, deixar um bilhete para ela.

Capítulo 15

O conde de Ravenstone nunca dormiu tão mal em toda a sua vida. Tinha a intenção de visitar sua amante depois de sair do baile dos Rutherford, mas foi totalmente invadido pelo cheiro tentador de rosas e, em vez disso, acabou voltando para sua casa na cidade.

Em que diabos ele estava pensando? O pedido do duque de Blackmore fora feito de tal forma que Adam sabia que não tinha obrigação de ajudar, e Nicholas certamente não esperava que ele se desse ao trabalho de comparecer a um evento no qual normalmente não iria nem morto. De fato, o duque insinuara que um encontro fortuito no Hyde Park seria suficiente, caso o conde concordasse.

Com um suspiro, Adam se virou e se remexeu furiosamente nos travesseiros mais uma vez. Não conseguia tirar da cabeça a sensação de tocar em Temperança Shackleford. Tão difícil, se não pior, do que a noite no celeiro. Dessa vez, ela estava vestida com um requintado vestido azul-claro que se ajustava a cada curva e combinava perfeitamente com a cor de seus olhos. Seus cabelos escuros e cacheados habilmente presos, e ela usava um delicado colar de diamantes em torno de sua garganta esbelta que, sem dúvida, havia sido presente do duque de Blackmore.

Na verdade, Adam se viu fervilhando de ciúmes absurdos pelo fato de outro homem presenteá-la com joias.

Céus, o que diabos estava acontecendo com ele?

Virando-se outra vez, ele tentou evocar a aversão que havia sentido no último encontro deles em Blackmore; mas seu pau, ao menos, se recusava a obedecê-lo.

Se não tomasse cuidado, qualquer coisa que fizesse poderia colocá-lo em maus lençóis. Adam sabia muito bem o que sua presença no baile e a subsequente dança com a senhorita Shackleford dariam a entender. De fato, o duque ficaria, na melhor das hipóteses, perplexo com as ações de seu amigo e, na pior, se enganaria ao crer que o conde de Ravenstone poderia ser um possível pretendente. Que Deus o ajude se o duque souber de seus pensamentos nada honrosos.

Para seu azar, depois do que fizera ele não podia, em sã consciência, simplesmente sumir, pois assim Temperança Shackleford sofreria as consequências de sua aparente incapacidade de se decidir. Portanto, só lhe restava continuar a favorecer a irmã da duquesa de Blackmore, mas apenas para encorajar a popularidade dela entre os outros cavalheiros da alta sociedade.

Ele não conseguia deixar de se perguntar por que a ideia de passar mais tempo com ela lhe dava tanta satisfação, enquanto só de pensar nela dedicando seu tempo a outro o fazia querer exigi-lo para si...

A manhã seguinte trouxe mais convites do que os recebidos por Temperança em todo o tempo que esteve em Londres. E a maioria deles era de cavalheiros de diferentes formas e tamanhos, sem falar em fortunas. Animada, Graça os levou para a pequena sala de visitas, onde Temperança ouviu um longo discurso de Lady Felicity a respeito da maneira correta de conversar com um cavalheiro em público. Aparentemente, seu comportamento na noite anterior, ao receber as atenções inesperadas de Lorde Ravenstone, fora muito provinciano. Enquanto Temperança ouvia educadamente e acenava com a cabeça quando apropriado, não pôde deixar de pensar que era provável que a maioria das debutantes presentes teria desmaiado se Adam Colbourne tivesse sequer olhado para elas.

— Olhe só para tudo isso — entusiasmou-se Graça, entrando pela porta e agitando as cartas no ar. A senhorita Beaumont estremeceu e suspirou quando a duquesa se jogou de forma deselegante no sofá ao lado de Temperança. No entanto, ela não queria estragar a alegria das irmãs e, sob a insistência de Graça, chegou a admitir que estava agradavelmente surpresa.

— Precisamos analisar com calma, Tempy — disse Graça, apertando a mão da irmã com alegria. — Não seria bom para você ser vista com muitos cavalheiros diferentes, especialmente porque não podemos descartar por completo a atenção inesperada de Lorde Ravenstone.

Como nem Graça nem Felicity sabiam a verdadeira razão por trás do súbito interesse de Lorde Ravenstone por Temperança, logo ficou evidente que o foco principal delas era a possibilidade, até então inconcebível, de o conde se tornar um libertino reformado e se casar.

Temperança estava mortificada demais para esclarecer a questão a elas, e só lhe restou crer que o duque lhes contaria o verdadeiro motivo da atenção do conde antes que as coisas saíssem do controle. Lá no fundo, algo mais forte do que ela a fazia querer acreditar que o interesse dele era mais do que um mero favor a um amigo — ainda mais porque, pelo visto, só ele trazia seus pensamentos impuros à tona. E como ela ainda duvidava de sua capacidade de resistir a quaisquer avanços impróprios que ele pudesse fazer, sem dúvida seria melhor que já fosse seu marido quando os fizesse.

Infelizmente, até mesmo ela podia reconhecer que as probabilidades de Lorde Ravenstone pedir sua mão eram mínimas, na melhor das hipóteses. Como ele mesmo fez questão de dizer enquanto dançavam no baile, seu desprezo por ela ainda era imenso.

Perdida em suas reflexões, Temperança demorou para notar o que parecia ser um alvoroço na porta da frente. Ao erguer os olhos, viu a irmã e a senhorita Beaumont olhando pela janela para ver o que estava acontecendo.

— Aquele homem se parece muito com Percy. — Foi o comentário incrédulo de Graça, pouco antes de ouvirem o som de latidos animados no saguão do andar de baixo, que começou a se aproximar rápido.

Com o cenho franzido acima de ambas as senhoras que ainda estavam perto da janela, Temperança levantou-se do sofá e correu para a porta, abrindo-a no exato momento em que um animado cão de caça pulava na porta do outro lado. Na ausência de uma barreira sólida, o cão simplesmente voou bem para os braços de Temperança. Devido ao peso, ela caiu para trás com tudo, deixando os dois amontoados no chão.

— Senta, Freddy — gritou uma voz familiar vinda do saguão do andar de baixo.

Duas horas depois, Temperança viu um lado muito diferente do duque de Blackmore e finalmente entendeu o motivo pelo qual ele havia subido ao posto de capitão tão rápido e quase matado a esposa de susto no início do casamento. Depois de ouvir o reverendo, foi sucinto ao pedir duas coisas. A primeira era a presença de seu valete pouco ortodoxo, Malcolm, que havia servido como seu marujo enquanto estavam na Marinha Real, e a segunda era a presença do conde de Ravenstone. Esse último *pedido* foi expresso em termos que não deixavam dúvidas de que a presença do conde era esperada dentro de uma hora.

Para sua mortificação, ninguém pediu que Temperança relatasse em suas palavras os eventos escandalosos. Na verdade, o duque não parecia nem um pouco interessado em como ela se comportara de fato e se absteve de discutir o assunto até a chegada de Malcolm. No entanto, assim que o irascível criado escocês de cabelos ruivos se sentou, Nicholas Sinclair passou mais dez minutos explicando a situação. Quando terminou, Malcolm apenas acenou com a cabeça, e o duque se virou para o reverendo.

— Esta... Lady Fotheringale. Presumo que esse não seja o nome verdadeiro dela?

— Muito improvável, na minha opinião — resmungou o reverendo Shackleford.

— E acredita que o título dela também seja falso? — Percy e o reverendo concordaram com a cabeça.

— Bem, eis algo que podemos esclarecer imediatamente. Descobrir seu nome verdadeiro, entretanto, pode ser mais difícil.

— Então, acham que essa mercenária — perdão, damas — é de Blackmore ou arredores?

O reverendo Shackleford franziu a testa:

— Posso lhe dizer que ela não nasceu nem foi criada em Blackmore, mas não me lembro quando ela passou a morar lá. — Ele olhou para seu coadjutor, que até o momento havia ficado em silêncio. — O que você acha, Percy, meu caro? Quero dizer, por ter se aproximado um pouco mais da... err... criatura do que o resto de nós.

— Como... como... eu disse, senhor — gaguejou Percy —, ela não afirma ser de Devonshire. Sua história é que seu falecido marido era um barão em algum lugar de Norfolk. Creio que ela tenha chegado há aproximadamente sete ou oito anos, mas ninguém, que eu saiba, jamais investigou se era verdade.

— Bem, ela deve ter tido dinheiro para comprar o chalé em que morava e, tendo em vista o que já sabemos, é provável que tenha sido dinheiro sujo. — O escocês fez uma pausa, pensativo. — Disse que ela está aqui em Londres?

— Foi o que nos disseram — respondeu o reverendo — e não temos motivos para duvidar ser verdade.

— Então acho que ela é londrina de nascimento — afirmou Malcolm. — Ou, pelo menos, ela conhece a cidade. Nenhuma mulher se aventuraria sozinha em um lugar assim se não o conhecesse. Sabe se ela tinha algum amigo em Blackmore?

— Que eu saiba, nenhum — respondeu Percy. — Não era de fazer amizades.

— Ela não trabalhava? — perguntou Malcolm.

Percy balançou a cabeça:

— Creio que ninguém sabia realmente do que ela vivia. As pessoas supunham que ela havia herdado algum dinheiro do marido morto.

— Bem, por mais dinheiro que ela tivesse, é evidente que está se esgotando, já que estava querendo educar moças — comentou o duque.

— Até se dar conta de que a chantagem era muito mais lucrativa.

— Deve ser por isso que ela está aqui — comentou Malcolm. — É bem possível que ela o odeie com todas as forças, reverendo, mas creio que ela esteja procurando um pensionato. — Ele se virou para o duque. — Vou sair por aí, Vossa Graça, e fazer algumas perguntas discretas.

Nicholas acenou com a cabeça:

— Tenha cuidado — ele advertiu o valete. — Por mais que esteja atrás de dinheiro, é claramente uma cobra vingativa e, a meu ver, capaz de cometer um crime ainda mais grave do que extorsão.

Quando o escocês se levantou para sair, inclinando a cabeça para as damas, Temperança falou pela primeira vez:

— Creio que o duque esteja certo — declarou ela, esforçando-se para conter seu desconforto. — Eu só vi a mulher uma vez e... e... — ela fez uma pausa, procurando as palavras certas — ... havia algo nela. Algo que me fez lembrar uma... uma...

— Aranha — disse o reverendo, lembrando-se de sua avaliação anterior. — Uma aranha grande e venenosa.

Adam Colbourne leu a carta do duque de Blackmore e deixou escapar algumas expressões totalmente impróprias para os ouvidos de uma dama, mas para a sorte dele não estava bem com uma dama, apenas com sua amante. Se não estivesse tão apreensivo quanto ao motivo da convocação, teria considerado uma salvação fortuita, já que nunca esteve tão ansioso para deixar o quarto da senhorita Levant. Apesar de ter tido um desempenho adequado, evidenciado pelo estado sonolento atual de Marie, Adam não queria estar ali. Ele o fizera mecanicamente. Na verdade, nem sequer sabia o motivo de ter ido ver Marie quando ela lhe enviou um bilhete alegando que mal o tinha visto desde que voltara de Devonshire.

Com certa tristeza, deu-se conta de que era hora de cada um ir para o seu lado. Ele não tinha medo de que Marie encontrasse outro benfeitor, mas, ainda assim, tinham gostado da companhia um do outro, o relacionamento tinha sido confortável e conveniente. Até recentemente.

Com um suspiro, ele se inclinou para beijar os lábios corados dela e foi embora. Ao entrar em sua carruagem, olhou outra vez para a carta. Não havia dúvida de que era uma convocação, principalmente porque o duque fizera todo o possível para garantir que a carta chegasse em suas mãos onde quer que ele estivesse. O primeiro pensamento que lhe ocorreu foi *ele que vá para o inferno*, mas não era assim que se tratava alguém hierarquicamente superior, ainda mais alguém que era considerado um amigo. Inclinando-se para fora da janela, ele instruiu o cocheiro a levá-lo para a residência do duque de Blackmore, e então inclinou-se para trás se perguntando se ele realmente tinha ido longe demais no Baile de Rutherford. Sem dúvida, teria que garantir ao duque que limitaria qualquer apoio futuro a encontros coincidentes em Rotten Row. *Eis o que se ganha ao tentar fazer um favor a alguém* — pensou com pesar.

Dentro de meia hora estava sendo levado para a sala de visitas da casa de Nicholas Sinclair, e ao chegar lá deu-se conta de que havia cometido um erro muito grave. Naturalmente, seus olhos se voltaram para o motivo de suas noites sem dormir, e ele ficou chocado ao ver Temperança Shackleford, que sempre estava tão animada, parecendo que seu mundo acabara de chegar ao fim. Enquanto os olhos de Adam percorriam a sala, viu que não apenas o duque e a duquesa estavam presentes, mas também Lady Felicity Beaumont e o reverendo Shackleford. Até mesmo o maldito coadjutor estava olhando para ele. Qualquer que fosse o motivo da convocação, claramente não tinha nada a ver com seu comportamento na noite passada. Uma sensação de mal-estar tomou conta dele quando fez sua reverência habitual.

Quando se ergueu, seus olhos voltaram-se imediatamente para Temperança.

— Se está pensando em buscar algum conforto em minha cunhada, Ravenstone, esqueça. Na verdade, sou da opinião de que ela já o tenha proporcionado mais *conforto* do que tinha o direito de esperar... — A voz do duque saiu fria e ríspida, e Adam não teve dúvidas ao que exatamente Sua Graça se referia. — O certo seria chamá-lo para irmos lá fora — continuou Sua Graça —, mas, mesmo que tarde, espero que se comprometa a fazer a coisa certa.

Adam olhou para o semblante impassível do duque e viu que estava com a corda no pescoço.

— Caso esteja se referindo à aparição inesperada da senhorita Shackleford no abrigo temporário em que fui forçado a me refugiar durante a noite em minha viagem para Blackmore, posso garantir que não recebi nenhum tipo de conforto. — Ao contrário da fúria fria do duque, o conde fez o possível para manter a voz calma. — Também não foi culpa minha o fato de ela ter decidido procurar a irmã no meio da noite e ter sido pega pela mesma tempestade que eu. Pode ter certeza, Vossa Graça, que me comportei como um cavalheiro deveria. De boa vontade, dei meus cobertores à senhorita Shackleford e me retirei para a extremidade mais distante do celeiro para garantir sua privacidade. Dou minha palavra de honra que foi só isso que aconteceu.

— Por que não nos contou do encontro quando chegou a Blackmore? — perguntou a duquesa.

— Eu não fazia ideia de quem era minha companheira, e ela deixara bem claro que não tinha intenção de me esclarecer. Eu apenas perguntei se ela poderia voltar para casa em segurança, e ela foi embora. Contar a alguém sobre o encontro teria prejudicado sua reputação de forma irreparável.

— E, no entanto, o senhor não teve nenhum remorso em prejudicar a reputação dela quando encontrou a senhorita Shackleford atrás do celeiro de dízimos, dois dias depois — foi a resposta ácida do duque. — E, dessa vez, o senhor tinha plena ciência da identidade dela.

Adam fechou os olhos brevemente quando finalmente percebeu que todos estavam cientes de sua última conversa com Temperança Shackleford.

— Nossa última conversa não é algo de que eu me orgulhe — admitiu ele com os dentes cerrados. — No entanto, eu não sabia que alguém, além de mim e da senhorita Shackleford, tinha conhecimento dela.

— Pois pensou errado — explodiu o reverendo, claramente incapaz de se manter em silêncio por mais tempo. — E, além disso, ouviram o senhor acusar minha filha de carregar no ventre o filho bastardo de outro homem.

Tentando conter as lágrimas, Temperança mordeu o lábio e olhou para a saia, imaginando se algum dia se recuperaria daquela humilhação. Consequentemente, ela não viu o arrependimento doloroso nos olhos de Lorde Ravenstone antes que respondesse ao ataque de seu pai.

— Não tenho desculpa para esse comportamento ultrajante — foi tudo o que ele disse, cansado, por fim. — Nada o justifica, foi deplorável. Não posso pedir que perdoe uma conduta tão desprezível, mas estou disposto a reparar meu erro, se me permitir.

— O senhor se casará com ela, então? — questionou o reverendo com firmeza.

A cabeça de Temperança voltou a se erguer:

— Não — protestou ela —, isso é totalmente desnecessário.

Infelizmente, todos a ignoraram. Ela lançou um olhar desesperado para Lorde Ravenstone, implorando silenciosamente para que ele recusasse. Em vez disso, com uma expressão ilegível, ele concordou com um breve aceno de cabeça.

— Bem, não é o pedido de casamento que eu esperava — murmurou o reverendo Shackleford —, mas, cavalo dado não se olham os dentes.

— Não temos escolha, Temperança — comentou o duque, com gentileza. — A única solução é se casar com Ravenstone antes que Gertrude Fotheringale coloque suas garras de fora.

Adam franziu o cenho:

— Quem diabos é Gertrude Fotheringale?

— É melhor que você saiba mesmo — resmungou o reverendo. — Não tenho dúvidas de que o diabo tem um dedo nisso.

Antes que qualquer outra pessoa pudesse dizer algo, Lady Felicity deu uma tossida educada.

— Creio que talvez seja uma boa hora para pedirmos algo para beber antes de continuarmos — declarou ela. — E não estou falando de chá. A meu ver, parece-me que estamos todos precisando de algo um pouco mais forte.

Capítulo 16

Quando Adam soube da história toda, sua resignação se transformou em fúria.

Sua raiva deveria ter sido causada pelo fato de que ele estava sendo forçado a se casar totalmente contra a sua vontade e devido às ações diabólicas de uma mercenária aproveitadora que tinha visto uma maneira de ganhar dinheiro fácil.

Contudo, sua raiva se devia inteiramente ao fato de que a mesma mercenária desonesta estava propositalmente tentando arruinar a vida de uma mulher. E foram suas próprias palavras duras e descuidadas que estavam ajudando a víbora ardilosa a fazer isso.

Na verdade, Adam nunca tinha visto Temperança tão pálida e quieta. Não combinava nem um pouco com ela. A Temperança Shackleford com a qual ele estava acostumado xingava e não hesitava em acertar um soco bem no nariz de alguém se achasse que merecia. Adam queria aquela versão de volta, mais do que jamais quisera qualquer coisa na vida. Talvez assim se sentisse menos culpado.

As damas haviam se retirado para seus respectivos quartos a fim de se prepararem para o habitual passeio vespertino no Hyde Park. O duque insistira com elas sobre a importância de continuar com as rotinas diárias para que a presa não desconfiasse que já sabiam de seus planos e fugisse. Por um momento, Adam pensou que

Temperança estava prestes a protestar, mas, no final, ela apenas concordou com a cabeça e seguiu obedientemente a irmã e a senhorita Beaumont para fora da sala.

Voltando sua atenção para o problema em questão, Lorde Ravenstone enterrou o remorso o mais fundo que pôde. Haveria tempo para se recriminar mais tarde.

— Se a criatura se instalou aqui, então está claro que a pessoa que ela espera chantagear sou eu — afirmou ele, de forma objetiva.

— Por que diz isso? — questionou o duque, não convencido. — Sem dúvida eu tenho mais motivos para ficar ofendido, não?

— Sem dúvidas, Vossa Graça — disse Adam —, mas, como o senhor já deu a entender, poderia apenas tirar satisfação comigo. Ou exigir que eu me case com ela — acrescentou ele, irônico. — Não, ocorre que sou eu quem tem mais a perder. Todos sabem que não quero me casar, e ela com certeza iria supor que o desejo menos ainda em se tratando da filha de um mero clérigo.

O reverendo se irritou com suas palavras, mas permitiu que o conde continuasse.

— Gertrude Fotheringale estaria ciente disso apenas se lesse as últimas colunas de mexericos. Sabemos que ela sabe ler e escrever. — Ele balançou a cabeça, e então prosseguiu. — Já Vossa Graça é uma incógnita. Não é minha intenção insultá-lo ainda mais do que já o fiz, mas temos que admitir que é de conhecimento geral que o senhor tem algumas ideias muito peculiares e que se casou bem abaixo de sua posição, portanto provavelmente seria muito menos receptivo à extorsão.

Nicholas Sinclair ergueu as sobrancelhas, mas não contestou a avaliação de Adam.

— Se vamos prender essa vigarista — continuou o conde —, o fato de sabermos de seus planos deve ser mantido entre nós.

— O senhor acredita que, se ela descobrir que foi coagido a se casar com minha cunhada, ela pode simplesmente decidir expor toda a história por despeito — concluiu o duque com firmeza. — Ela é bem capaz de fazê-lo, como o reverendo descobriu a duras penas.

Augusto Shackleford acenou com a cabeça em concordância:

— É realmente triste quando não podemos confiar na bondade inerente a um dos filhos de Deus — comentou ele com um suspiro.

— Duvido muito que Gertrude Fotheringale algum dia tenha sido dotada de qualquer bondade, inerente ou não — esbravejou o duque, claramente começando a perder a paciência.

Levantando-se de sua cadeira, foi servir outra dose de conhaque para todos.

— Não tenho dúvidas de que ela se aproximará de mim muito em breve — comentou Adam, com um gole apreciativo do líquido ardente. — Basta esperarmos que ela dê o primeiro passo e a teremos em nossas mãos.

O duque se sentou e olhou para o seu futuro cunhado:

— Na verdade, Ravenstone, me surpreende que tenha aceitado tudo tão bem — ele comentou, sua voz calma. — Eu esperava, no mínimo, uma discussão.

Adam ficou igualmente surpreso com a pronta aceitação do casamento iminente, mas afastou o enigma de sua mente e deu de ombros.

— É o mínimo que posso fazer — foi tudo o que ele disse por fim.

O duque deu uma breve risada e ergueu sua taça:

— Bem-vindo à família, Ravenstone — ele murmurou. — Perdoe-me se eu admito que estou ansioso pela diversão e brincadeiras frequentes que, sem dúvida, ocorrerão no futuro.

Adam fez uma careta para o duque por um segundo, depois deu um pequeno sorriso pesaroso e levantou o próprio copo em retribuição.

Gertrude Fotheringale foi muito meticulosa com o bilhete escrito para o conde de Ravenstone. Embora seu domínio da palavra escrita não fosse perfeito, ficou satisfeita por ter transmitido um senso de urgência e antecipação que traria o conde correndo. Agora só precisava de um mensageiro para entregá-lo. Nesse ponto, precisava ser muito cuidadosa. Até mesmo os fora da lei mais jovens estavam a serviço do chefão, mesmo que o autoproclamado rei dos ladrões já não fosse mais o mesmo desde o tempo em que ela vivia na periferia, haveria quem se lembrasse muito bem de Dolly Smith. Portanto, o mensageiro que ela enviasse ao conde não podia ter qualquer conexão com o mundo do crime. Essa era a parte complicada. Muitas vezes os rapazes se vestiam de forma a parecerem respeitáveis apenas para atrair os desavisados. Era possível que ela pedisse à sua criada para entregar a missiva, mas o Gentleman Jack's não era um lugar frequentado por moças respeitáveis, e qualquer mulher que estivesse por ali seria lembrada. Não, teria que ser um rapaz. Só teria que encontrar um.

Temperança nunca ficou tão infeliz em toda a sua vida e, passear pela Ladies' Mile, no Hyde Park, como se nada demais tivesse acontecido, foi a pior tortura imaginável. Ser forçada a trocar mexericos sem sentido com moças tagarelas e as mães tão cabeças de vento quanto as filhas — especialmente quando, em circunstâncias normais, ela teria sorte se não lhe cortassem indiretamente. Na verdade, ela esteve mais perto de perder a paciência do que em qualquer outro momento durante sua estadia em Londres e teve de se conter para não pisar no dedo delicado de mais de uma mulher sonsa. Se ouvisse mais um suspiro a respeito do lindo conde de Ravenstone, arrancaria os cabelos.

Quando voltaram para a casa da cidade, o objeto de suas fantasias mais íntimas não estava mais lá, e ela só queria ir para a cama e chorar. No entanto, não havia chance de isso acontecer. Depois de jantarem cedo, o duque comprara ingressos para a ópera e Temperança chegou a sentir um enjoo só de pensar em ser alvo dos olhares e sussurros dos mexeriqueiros. Para seu azar, foi-lhe dito em termos inequívocos que parasse de sentir pena de si mesma e seguisse em frente.

As palavras concisas foram ditas por Lady Felicity e, ao olhar com surpresa para a senhora normalmente espirituosa e encantadora, Temperança sentiu uma vergonha repentina. Não era apenas ela que estava tendo que lidar com uma situação tão terrível. Na verdade, ela não tinha ninguém para culpar além de si mesma pelas circunstâncias terríveis em que estava, e todos ao seu redor estavam apenas tentando ajudá-la. No mínimo, ela devia aos que a cercavam parar de ficar tão melancólica.

Assim, após o jantar, a carruagem do duque foi trazida e partiram para Haymarket. Ficou combinado que tanto o reverendo quanto Percy ficariam na casa para evitar qualquer chance de alertar Gertrude Fotheringale da sua presença inesperada em Londres. Além desse raciocínio inegavelmente sensato, Graça e Temperança estavam secretamente satisfeitas com o fato de o pai não acompanhá-las à ópera. Como Temperança comentou com a irmã, só de pensar em todos em um raio de cem metros o ouvindo exigir saber por que aquela mulher estava gritando feito uma cabra era horrível demais para se cogitar...

Na verdade, Temperança não gostava muito de ópera e, assim que se sentaram no camarote do duque, tentou passar o tempo lendo. Dessa forma, ela não seria obrigada a notar os olhares e cochichos.

Parecia uma boa ideia no quarto, mas, por alguma razão, agora que ela estava aqui, foi muito difícil conseguir se concentrar na leitura. Franzindo a testa, ela olhou para cima. Havia uma sensação silenciosa de expectativa animada na arena lotada. Imaginou que sem dúvida não era sua presença que causara tal expectativa e se perguntou se a soprano era alguém de quem ela já deveria ter ouvido falar.

Inclinando-se para o duque, ela perguntou se a mulher era famosa. O duque gemeu internamente com a pergunta. Ele esperava evitar tal pergunta, pois estava ciente de que a soprano da apresentação dessa noite era a amante do conde de Ravenstone, Marie Levant. A ansiosa expectativa no teatro era, sem dúvida, devido ao fato de que a alta sociedade também estava ciente disso.

E o que poderia ser mais delicioso do que a amante de Adam Colbourne cantando na frente de seu mais recente interesse amoroso? Felizmente, Nicholas foi poupado de responder quando a orquestra começou a tocar a abertura, e a apresentação começou.

Ao se oferecer para acompanhar as três damas à ópera, o duque percebeu que havia cometido um grave erro. No entanto, em sua defesa, na época em que comprara os ingressos não havia a menor possibilidade de que Ravenstone demonstrasse interesse em Temperança. Até que ele, Nicholas, teve a péssima ideia de lhe pedir para fingir estar interessado nela. E agora, pior ainda, o maldito pesadelo era de fato real. O duque balançou a cabeça em sinal de frustração. Quando foi que a vida se tornou tão diabolicamente complicada? Ele não viu nada da primeira metade da apresentação enquanto deliberava sobre o que fazer para minimizar a possibilidade de Temperança ficar cara a cara com Marie Levant. Depois de muita reflexão, finalmente decidiu que o melhor a fazer seria ir embora no intervalo.

Após a ópera, compareceriam a uma pequena ceia informal na casa de seu velho amigo da Marinha James Gilmore. Nicholas poderia chegar mais cedo sem que ninguém se incomodasse. Afinal, James nunca foi de fazer cerimônia.

Já decidido, assim que o interlúdio chegou, ele se virou para a esposa e a informou que houve uma alteração nos planos. Graça olhou para o marido com olhos apertados. Ela o conhecia bem o suficiente agora para saber quando ele mentia, mas tanto ela quanto Felicity estavam cientes da atmosfera estranhamente carregada, e Graça estava convencida de que sua amiga ficaria tão aliviada quanto ela por irem embora mais cedo. É claro que Temperança não daria a mínima, pois ficara o primeiro ato todo imersa em seu livro.

Assim, dez minutos depois, estavam se dirigindo para a entrada quando, de repente, Nicholas notou um grupo de cavalheiros cercando uma senhora elegantemente vestida que ria satisfeita de algo que um de seus admiradores havia dito.

— Aquela é a soprano? — perguntou Temperança inocentemente enquanto o grupo se dirigia para as escadas. Antes que o duque pudesse responder, o objeto de sua pergunta ergueu os olhos e os viu. Ele também viu o exato momento em que Marie reconheceu sua suposta rival pelo afeto de Ravenstone. Xingando-se internamente por sua própria estupidez, Nicholas estampou um sorriso no rosto enquanto ela se desvencilhava de seu círculo de admiradores e se dirigia a eles com determinação.

— Vossas Graças — ela murmurou, executando uma reverência. Graça deu um passo à frente com um sorriso de admiração. Assim como Temperança, ela também não sabia da natureza do relacionamento da senhorita Levant com Adam Colbourne e viu apenas uma oportunidade de parabenizar uma soprano exímia pela sua apresentação impecável. Marie Levant inclinou a cabeça elegantemente para os elogios de Sua Graça antes de voltar sua atenção para Temperança, exatamente como Nicholas previra.

— A senhorita é Temperança Shackleford? — ela perguntou com um sorriso que fez um arrepio percorrer a espinha do duque. Diante do aceno de cabeça e do sorriso de resposta de sua cunhada, ela se inclinou para a frente e baixou a voz. — A senhorita é uma jovem de muita sorte — ela sussurrou —, por atrair a atenção de um homem como o conde de Ravenstone.

O sorriso de Temperança vacilou, e ela olhou para a expressão agora fria do duque.

— Eu... não sei do que está falando... — ela gaguejou.

Marie Levant colocou a mão no braço da mulher mais jovem e se inclinou para a frente para sussurrar em seu ouvido:

— Se quiser conselhos a respeito de como satisfazer o conde na cama, senhorita Shackleford, terei o maior prazer em lhe dar.

Antes que Nicholas pudesse reagir, Temperança deu um passo para trás, soltando seu braço. Ela encarou os olhos que faiscavam da cantora de ópera e respirou fundo. Na verdade, ela estava cansada do fato de que o único valor que alguém parecia dar a ela era a possibilidade de que ela pudesse interessar a Lorde Ravenstone.

— Sugiro que repense seu suposto conselho, senhora — disse ela friamente. — Por que eu deveria ouvir seus conselhos, já que o conde parece preferir novas pastagens? — Ela fez uma leve reverência antes de acrescentar: — Mas, de qualquer forma, agradeço-lhe por sua consideração.

Em seguida, ela se dirigiu para as escadas, ignorando completamente os bisbilhoteiros flagrantes e deixando que os demais fossem atrás dela.

Capítulo 17

Marie Levant era amante de Adam Colbourne. Temperança se deitou em sua cama e se perguntou por que esse pensamento a fazia querer matar alguém.

Ela havia contado uma mentira descarada para a linda meretriz. Lorde Ravenstone não se sentia atraído por ela. Qualquer interesse que demonstrara por ela, foi obrigado a fazê-lo.

Depois de sua saída ignominiosa do teatro, ela se lembrava muito pouco do resto da noite. Por sorte, o duque achou que não deveria repreender seu comportamento. De fato, se ela não o conhecesse, consideraria a possibilidade de ele ter ficado impressionado. Nem Graça nem Lady Felicity comentaram algo antes de irem se deitar, mas Temperança suspeitava de que um acerto de contas seria feito no dia seguinte.

Com um suspiro, ela se virou. Como ela poderia pensar em se casar com o conde? Ela estava claramente apaixonada por ele, ou pelo menos algumas partes dela estavam, mas era óbvio que ele preferia mulheres impetuosas e sofisticadas que sabiam como dar e receber prazer. Ele estava apenas sendo forçado a se casar com ela. Seu ridículo senso de honra o exigia. Contudo, Temperança finalmente reconheceu que isso não era suficiente. Não poderia viver sua vida sabendo que ele estava com ela obrigado. Preferia ficar solteira para sempre.

Se não pudesse se casar por amor, então preferia não se casar.

Seu pai ficaria furioso, disso ela tinha certeza, mas, ao contrário do que imaginava antes, sabia que ele não a trancaria no quarto. Seu futuro próximo poderia consistir em ter de ouvir mais sermões do que gostaria, mas, conhecendo o reverendo, ele logo se cansaria de usar métodos autoritários — especialmente se eles interferissem em seus almoços no Red Lion. Afinal de contas, o pai ainda tinha mais seis filhas disponíveis para colocar dinheiro suficiente no bolso de Anthony.

Por alguma razão, agora que havia chegado a uma decisão, Temperança se sentia mais calma do que nunca desde o fatídico dia em que dera um chute no meio das pernas de Ebenezer Brown.

Deu-se conta de que não dava a mínima para o que a sociedade dizia ou pensava a seu respeito e, além disso, sabia que o duque de Blackmore também não se importava. Que Gertrude Fotheringale fizesse o estrago que quisesse.

Temperança estava disposta a suportar o ônus de qualquer desaprovação que surgisse em seu caminho. Afinal de contas, ela era conhecida em Blackmore por correr solta a ponto de chocar alguns. Essa seria apenas a última de uma longa série de escolhas excêntricas que ela havia feito.

Quanto a Lorde Ravenstone, sem dúvida sussurrariam a respeito dele nas salas de visitas de todo o país, mas, no final das contas, isso provavelmente o deixaria ainda mais atraente. Já decidida, resolveu que informaria o conde de sua decisão antes que o noivado fosse anunciado. Ela não tinha dúvidas de que ele ficaria mais do que aliviado por se ver livre dela.

Adam Colbourne chegou à casa do duque às dez horas da manhã, ou seja, cedo demais para visitas. Recebera o esperado bilhete de Gertrude Fotheringale. Ao menos presumia que fosse dela. É claro que não havia assinatura e, longe de ameaçá-lo com chantagem, o bilhete insinuava um senso de urgência que qualquer homem em sã consciência se sentiria compelido a responder.

A carta fora entregue por um rapazote de não mais de seis ou sete anos quando ele estava saindo do Clube de Boxe Gentleman Jack's. Depois de lhe dar a missiva, o rapazinho sumiu, mostrando sua familiaridade com os arredores.

O conde permaneceu onde estava e leu a mensagem, caso estivesse sendo observado. Ele fez as expressões faciais esperadas e olhou em volta, como qualquer pessoa faria ao receber um bilhete anônimo inesperado. Em seguida, caminhou rápido de volta para sua casa para se limpar e trocar de roupa. Tinha de presumir que estava sendo espionado, se não pela própria Gertrude Fotheringale, por alguém a seu serviço.

A carta pedia que ele fosse sozinho à Feira do Leite no canto nordeste do Saint James' Park, às três horas daquela mesma tarde, de modo que eles não tinham muito tempo para colocar um plano em prática se quisessem prender a bruxa. Embora fosse essencial que ele chegasse à residência do duque de Blackmore o mais rápido possível, Adam ainda assim seguiu sua rotina de sempre. Qualquer mudança poderia muito bem ser percebida.

Depois de se vestir, ele chamou sua carruagem e instruiu o motorista a levá-lo ao alfaiate. No entanto, quando teve certeza de que não poderia mais estar sendo seguido, Adam se inclinou para fora da janela e mudou seu destino para a casa do duque em Mayfair.

E agora os dois homens estavam sentados no escritório do duque, decidindo o que fariam.

— Ela é, sem dúvida, mais astuta do que pensamos — comentou Nicholas, olhando para a carta. — Fez questão de intrigá-lo o suficiente para garantir sua presença sem lhe dar muito tempo para pensar melhor.

— Ao mesmo tempo que deu detalhes suficientes para acabar com meu sossego — concordou Adam —, me fazendo aceitar o desejo dela de que eu fosse sozinho. Se não soubesse de suas verdadeiras intenções, teria caído feito um patinho.

Naquele momento, houve uma batida na porta, que se abriu para o criado pouco ortodoxo do duque.

— Aí está você, amigão — comentou ele, entrando na sala sem esperar ser convidado.

— Descobriu algo interessante? — perguntou o duque.

— Oito anos é muito tempo, com certeza, mas há aqueles que estão dispostos a desenterrar informações por um preço — disse ele, sentando-se cansativamente. — Já tomou café da manhã, Nick? Estou morrendo de fome.

Adam assistiu a essa troca de palavras com incredulidade, mas o duque não pareceu achar estranho o fato de seu valete chamá-lo pelo primeiro nome.

— Pedirei à senhora Jenks para lhe trazer algo para comer — disse ele, levantando-se para tocar a sineta.

— Peça para ser rápida, amigão. Não tenho muito tempo até ter que me encontrar com meu informante.

Depois de dar instruções à governanta, Nicholas informou o escocês dos últimos acontecimentos. Malcolm concordou lentamente com a cabeça quando o conde contou sua intenção de ir ao encontro proposto.

— Mas não pode ir sozinho, amigão — ele murmurou. — Não tenho nada para confirmar minhas suspeitas, mas tenho a sensação de que essa criatura realmente quer lhe fazer mal.

— Não o enviaremos para o perigo sem ajuda — assegurou o duque. — O encontro será na Feira do Leite, no Saint James' Park. Deve estar relativamente movimentado às três da tarde, portanto, embora pareça estar sozinho, você e eu estaremos esperando por perto, caso ele precise de nós.

— Espero que possamos convencer a mulher a esquecer o que quer que ela esteja planejando. Eu apostaria minha vida que ela é conhecida na cidade por outro nome — ponderou Adam.

— Talvez ela esteja planejando algo, então tome cuidado — insistiu o escocês.

O conde fez que sim com a cabeça enquanto o duque acrescentava:

— Se conseguir descobrir algo desagradável do passado dela, pode ajudar a persuadi-la a parar com essa loucura. Não tenho dúvidas de que ela logo sumirá se achar que descobrimos algo sórdido sobre o seu passado.

Outra batida na porta trouxe uma seleção de bolos e café quente de dar água na boca e, no momento em que a criada colocava a bandeja grande em uma mesa, Temperança entrou na sala.

— Deixou seu quarto cedo hoje — comentou o duque com suavidade.

— Aconteceu alguma coisa? — perguntou Temperança, dando uma olhada nos três homens.

— Nada com que deva se preocupar, senhorita — acalmou Malcolm, servindo-se de um enorme prato de bolos.

— Permita-me discordar — comentou Temperança com firmeza. — Sei que o intuito é me proteger, principalmente de mim mesma, devo dizer, mas preciso saber se algo aconteceu.

Ela fez o possível para evitar olhar para o conde, mas podia sentir os olhos de Lorde Ravenstone nela.

Por sua vez, Adam sentiu uma preocupação muito indesejável. Sua futura noiva não era mais a jovem espirituosa com quem ele passara tanto tempo brigando. Sua pele estava pálida, quase translúcida, com sombras escuras sob os olhos que denunciavam mais de uma noite sem dormir. Teve que lutar contra o estranho desejo de tomá-la em seus braços e beijá-la até que esquecesse seus temores.

— Fui contatado por Gertrude Fotheringale, como havíamos previsto — comentou ele. — Parece que ela deseja se encontrar comigo.

Os olhos de Temperança voaram para os dele, e ela perguntou:

— E você irá sozinho?

— Parecerá que sim — Nicholas respondeu à pergunta dela —, mas naturalmente estaremos por perto. Antes do encontro, esperamos ter informações sobre sua vida passada, algo que possamos usar contra ela. Se pudermos apenas fazê-la parar com essa tentativa ridícula de chantagem, talvez não seja necessário tomar nenhuma outra medida.

Seu tom indicava que ele não acreditava na possibilidade de Gertrude Fotheringale concordar em se afastar de bom grado.

— E se ela não concordar? — insistiu Temperança.

— Então faremos o que for preciso, moça. — A resposta objetiva de Malcolm provocou uma sensação de enjoo que nada tinha a ver com seu estômago vazio, e Temperança queria, acima de tudo, voltar para a cama e enterrar a cabeça debaixo das cobertas até que tudo aquilo, de alguma forma, desaparecesse. Em vez disso, ela respirou fundo e se dirigiu ao duque:

— Se for do seu agrado, Vossa Graça, eu gostaria de pedir alguns minutos a sós com... com... Lorde Ravenstone. — Sua voz ficou trêmula quando ela tentou dizer o nome do homem que assombrava seus sonhos.

O duque arqueou uma sobrancelha diante de seu tratamento formal, mas não disse nada enquanto ela continuava.

— Estou ciente de que o conde e eu sermos deixados sozinhos não seria considerado apropriado, mas… mas… dados os eventos indecorosos que nos trouxeram até aqui, creio que essa já não é mais uma questão.

Ao terminar, ela se forçou a olhar de volta para o conde silencioso, precisando desesperadamente saber o que ele achava de seu pedido. Os olhos cinzentos dele estavam baixos, insondáveis. Nada que demonstrasse para ela se ele era a favor de passar um breve intervalo sozinho com sua suposta noiva. E ela não podia culpá-lo por sua reticência. Veja onde o fato de estar sozinho com ela o levou até agora?

Ela se voltou para o duque, entrelaçando as mãos nervosamente. Para que ela e Adam pudessem se livrar dessa palhaçada de noivado, era essencial que ela tivesse algum tempo a sós para falar com o conde. Antes de ele se encontrar com Lady Fotheringale.

Por um instante, pensou que o duque negaria seu pedido, mas então ele suspirou.

— É uma grande sorte Lady Felicity não estar presente no momento — ele comentou com seriedade antes de se voltar para o conde. — Adam, deseja falar a sós com minha cunhada? Devo adverti-lo de que, se causar a ela algum tipo de aflição, talvez eu não tenha outra alternativa a não ser tirar satisfação quando esse assunto todo terminar.

Como essa era a primeira vez que o duque se dirigia a ele pelo primeiro nome desde sua chegada ontem, Adam não levou a ameaça do duque para o lado pessoal e, pela primeira vez, viu que talvez com o tempo a amizade deles pudesse ser retomada. Assim, ele não retaliou, apenas inclinou a cabeça e se levantou.

— Podem ficar aqui — declarou Nicholas, também se levantando. — Malcolm, sua barriga já deve estar cheia. — O escocês deu um discreto arroto antes de se levantar e se servir do restante dos salgados.

— Nunca se sabe quando será minha próxima refeição, amigão. — Ele deu uma piscadela brincalhona e então foi até a porta.

O duque balançou a cabeça:

— A última vez que passou fome, Malcolm, provavelmente foi antes de ir para a Marinha — murmurou em tom de desaprovação. Uma vez na porta, ele se virou para trás, sua voz voltando a ficar séria: — Tem apenas quinze minutos, Ravenstone. Não abuse.

A porta se fechando pareceu quase uma sentença de morte para Temperança e, por um segundo, teve que lutar contra a vontade de correr atrás dos dois homens. Em vez disso, tomando coragem, ela se voltou para o conde, que permanecia de pé, observando-a com cautela.

— Talvez esteja se perguntando por que pedi para falar com o senhor a sós — ela começou formalmente, mas vacilou quando ele balançou a cabeça.

— Há muito tempo deixei de me surpreender com qualquer coisa que a senhorita diga ou faça, madame — foi a resposta irônica dele.

Temperança o encarou, sem saber como prosseguir. Ela continuou a torcer as mãos ansiosamente, abrindo e fechando a boca várias vezes até ter certeza de que se assemelhava a um peixe.

— Apenas diga o que tem a dizer, senhorita Shackleford — disse o conde. — Desse jeito nossos quinze minutos irão acabar e a senhorita não terá dito nada. — As palavras dele, ditas como se nunca em toda sua vida estivesse tão entediado, conseguiram arrancá-la do torpor.

Endireitando o corpo, parou de torcer as mãos e falou:

— Está claro, meu senhor, que não somos adequados um para o outro — ela começou.

— E o que tem isso?

Temperança piscou diante da resposta pétrea dele antes de se forçar a continuar.

— O senhor não quer se casar comigo e eu... não quero me casar com o senhor. É mais do que ridículo sermos forçados a uma união que seria claramente desastrosa para nós dois.

Esperava que a resposta dele fosse de alívio, por isso, quando ele a encarou com olhos estreitos, ela ficou desconcertada. Seus passos lentos e comedidos em direção a ela não ajudaram.

— E o que a faz ter tanta certeza de que não nos daríamos bem juntos? — ele questionou, parando a uma mão de distância dela.

Se ela desse um passo à frente, estaria em seus braços. Com o coração batendo forte, Temperança olhou fixamente para os enigmáticos olhos cinzentos dele. Será que ele a afastaria com repulsa? Ele não a queria como esposa, isso era evidente. Mas em sua cama? Temperança reconheceu, mesmo com sua inexperiência, que ele sentia algo por ela. Algo semelhante à sua própria necessidade inexplicável.

Ela estava determinada a libertá-lo dessa palhaçada, mas será que ela poderia *prová-lo*, apenas uma vez, antes que ele fosse embora?

Deu-se conta de que ele estava falando com uma voz estranhamente rouca:

— Se continuar me encarando assim, madame, acabarei quebrando minha promessa ao seu cunhado.

Se ela não falasse agora, ficaria para sempre se perguntando o que era que seu corpo estava desejando tão insistentemente. Passou a língua pelos lábios, atraindo em seu nervosismo os olhos dele imediatamente para sua boca.

— O senhor... o senhor poderia me beijar? — ela perguntou em um sussurro trêmulo.

As narinas dele se dilataram, mas ele não disse nada, apenas a olhou até que ela não aguentasse mais. Então, ainda sem falar, ele ergueu a mão e delicadamente passou um dedo pela curva da mandíbula esbelta dela, até que a mão dele estivesse lhe segurando a bochecha.

Desamparada, ela estremeceu, hipnotizada pela estranha intensidade dos olhos dele. A mão dele desceu, agora segurando a parte de trás do pescoço dela, atraindo-a implacavelmente para ele. Até que sua boca pairou sobre a dela, suas respirações se misturando.

— Se quiser que eu pare, fale agora — ele sussurrou roucamente.

Temperança balançou a cabeça, tão perto que o movimento fez com que seus lábios se tocassem. Bem de leve. Foi o suficiente. Com um grunhido, ele a puxou para os seus braços e mergulhou sua boca na dela. Com um gemido incoerente, ela respondeu instintivamente, pressionando-se contra ele, com os lábios macios se abrindo para acomodar sua língua penetrante. Em resposta, Adam entrelaçou os dedos no cabelo espesso dela e aprofundou o beijo enquanto Temperança agarrava seus ombros, buscando... alguma coisa. A fome e a necessidade a invadiram, e ela sabia, sem sombra de dúvida, que Adam sentia o mesmo. Sem interromper o beijo, as mãos dele escorregaram pelas costas dela até que ele segurou sua bunda e a puxou contra algo... duro, provocando uma pontada de desejo bem no seu âmago.

De repente, se assustaram ao ouvirem uma batida forte na porta. Ofegante, Adam a afastou dele e olhou para os lábios dela, vermelhos e inchados pelos seus beijos. Ele nunca havia tido uma visão tão erótica na vida e esperava, por Deus, que não fosse Blackmore batendo à porta. Quando a porta começou a se abrir, ele se virou de costas rapidamente, em um esforço inútil para esconder o efeito inegável que uma mera moça inexperiente havia exercido sobre ele.

Temperança olhava ansiosa para a porta, alisando freneticamente seu vestido como se esse ato pudesse, de alguma forma, anular a dor latejante que ainda irradiava por baixo dele. Felizmente, era o mordomo informando-os do pedido de Sua Graça para que se juntassem a ele na pequena sala de visitas. Com a respiração pesada,

Adam concordou com a cabeça sem se virar, ao mesmo tempo que Temperança murmurou:

— Obrigada, Bailey — em uma voz baixa e sem fôlego. — Por favor, informe a Sua Graça que logo estaremos lá.

Fazendo uma reverência, o mordomo se retirou e fechou a porta.

Com as mãos trêmulas, Temperança ajeitou o cabelo para trás e o prendeu outra vez com a fita que o mantinha longe do rosto.

Com sorte, não estava tão bagunçado a ponto de o mordomo idoso notar que havia algo errado...

Reverendo Shackleford não estava acostumado a ser ignorado. Na verdade, tinha plena certeza de que seus paroquianos se agarravam a cada palavra sua, e ele repetia isso para Percy com frequência.

Portanto, não estava sendo fácil para Augusto Shackleford obedecer ao genro, mesmo que ele fosse um duque. Além disso, estava acostumado a agir primeiro e falar depois, e não tinha dúvida de que tal comportamento funcionara muito bem em quase todos os problemas que ele já havia tido. E se não funcionou, bem... geralmente a culpa não era dele.

No entanto, ele precisava admitir que, nessa ocasião, a decisão do duque de não envolver ele e Percy poderia ter surgido de uma leve preocupação: a de que eles agiriam de forma precipitada se deixassem. Ou, conforme o comentário de Sua Graça que ele ouvira:

— Não permitirei que seu pai se entregue a um plano cabeça-dura graças ao qual ele pode acabar morto.

Na verdade, o reverendo ficou bastante emocionado com a preocupação do genro, mesmo com as palavras "cabeça-dura". No entanto, quando o duque continuou a informar à esposa que, em hipótese alguma, ela deveria informar ao pai que Gertrude Fotheringale havia entrado em contato, o reverendo Shackleford ficou muito magoado.

Infelizmente, o pároco também tinha plena convicção de que qualquer coisa que fizessem sem sua participação estava quase certamente fadada ao fracasso. Assim, convenceu-se de que era meramente seu dever moral envolver-se sem informar o duque.

O fato de ele ter obtido a informação enquanto ouvia através de buracos de fechadura não incomodou o reverendo em nada. Nessa ocasião, não tinha dúvidas de que o fim justificava os meios. E, até onde ele sabia, ouvir atrás da porta não era um dos sete pecados capitais, então tinha certeza de que o Todo-Poderoso o desculparia.

Dito isso, depois de pensar bastante, decidiu não avisar Percy para onde estavam indo, pois temia que o coadjutor, por ser um pouco tolo, resolvesse atrapalhar. Em vez disso, o reverendo Shackleford sugeriu a Percy que se aventurassem a sair para tomar um pouco de ar. Quando Percy se deu conta do que estavam fazendo na verdade, as coisas já tinham ido para o inferno e bem depressa...

Temperança não fazia ideia de como encontraria coragem para romper o noivado com Lorde Ravenstone.

Aquele único beijo mudara tudo. Agora ela tinha certeza de que era de fato uma mulher decaída. Porque faria o que fosse preciso para que ele a beijasse outra vez.

Infelizmente, também estava ciente do fato de que, se ela o forçasse a continuar com essa palhaçada, seria improvável que ele quisesse sequer estar no mesmo cômodo que ela, quem dirá fazer algo mais.

Com um suspiro, ela voltou sua atenção para a conversa. Havia sido decidido que o conde iria para o encontro conforme o combinado. Embora estivesse claro que Lady Fotheringale escolhera a Feira do Leite como ponto de encontro para se proteger de qualquer dano corporal que o conde pudesse se sentir tentado a cometer, o comércio movimentado da área também dava cobertura a Nicholas e Malcolm, que se posicionariam por perto caso Adam precisasse de ajuda.

Agora estavam saboreando alguns frios como almoço enquanto aguardavam o retorno do escocês na esperança de que ele voltasse com alguma informação útil, que poderia lhes dar alguma vantagem, sobre o passado da mulher detestável.

— Você viu papai esta manhã? — perguntou Temperança, percebendo de repente que não tinha visto o reverendo desde o jantar da noite anterior.

— Creio que ele e Percy tenham ido dar um passeio — respondeu Graça, por algum motivo olhando para o marido.

— Devemos ser gratos pelas pequenas coisas — acrescentou o duque, irônico. — Se tivermos sorte, é bem possível que só voltem depois de nos livrarmos da víbora.

Temperança acenou com a cabeça em sinal de concordância. O envolvimento de seu pai, na melhor das hipóteses, complicaria as coisas e, na pior, seria desastroso.

Quando o relógio do salão bateu a hora, ficou evidente que tanto Adam quanto Nicholas estavam começando a ficar um pouco ansiosos. A conversa havia cessado, mas, mesmo assim, todos permaneceram sentados. Graça estava prestes a tocar a sineta para pedir mais chá, quando a porta finalmente se abriu e entrou Malcolm, agitado.

— Conseguiu alguma coisa? — comentou o duque, o alívio de ver o amigo são e salvo era evidente em sua voz.

— Consegui, amigão — respondeu Malcolm, segurando um pedaço de papel com triunfo furioso. — Nossa *Lady* Fotheringale era conhecida anteriormente como Dolly Smith. O marido dela era um criminoso que frequentava mesas de jogos. Parece que ele teve problemas com um agiota que lhe deu uma bela surra com uma pá. O problema é que a nossa Dolly já havia fugido com o dinheiro que ele devia. — Ele fez uma pausa e tomou um gole agradecido do vinho que o duque acabara de lhe entregar. — Era uma boa quantia, portanto aposto que o reaparecimento de Dolly será de grande interesse para assassinos de aluguel.

— Você os informou sobre o retorno dela? — perguntou Nicholas com firmeza.

Malcolm balançou a cabeça:

— Não, amigão, mas eu me arrisquei bastante, então pode ser que queiram me fazer algumas perguntas em um futuro bem próximo. Precisamos resolver esse maldito assunto logo para que eu possa dar a eles o que querem, do contrário, vou acabar em um paletó de madeira ao lado do marido da Dolly.

Dolly Smith estava muito satisfeita com seu plano. Ela se encontraria com Lorde Ravenstone esta tarde, daria a ele instruções de onde depositar o dinheiro e depois ficaria escondida até conseguir fugir. Não tinha dúvidas de que teria o mesmo destino de seu marido imprestável se ficasse em Londres por muito tempo, mas estava razoavelmente satisfeita por não ter chamado a atenção do chefão ainda.

Estava sentada com uma caneca de cerveja e um pedaço de queijo na pequena sala de estar, o que a sustentaria até a noite. Tomando um gole de sua cerveja, ela se perguntava para onde deveria ir agora que Devonshire se tornara perigosa demais. Ela não tinha a menor ilusão de que, uma vez que o conde entregasse o dinheiro, ele não tentaria prejudicá-la, mas pessoas mais astutas do que ele tentaram e falharam.

No entanto, caso ele decidisse não esperar até depois de lhe dar a bufunfa para entregá-la ao chefão, ela pretendia levar consigo sua pistola recém-adquirida. Com apenas sete centímetros de comprimento, ela a comprou de um armeiro em Torquay exatamente para essa eventualidade e, embora só conseguisse disparar um tiro, estava convencida de que seria o suficiente para desencorajar Ravenstone de tentar qualquer heroísmo tolo de última hora. Escolhera cuidadosamente o local do encontro perto da Feira do Leite. Se ela precisasse se defender, poderia sumir antes que alguém percebesse que havia algo de errado.

Dando uma mordida no queijo, ela pensou que talvez pudesse ir mais ao norte dessa vez. Não tinha dúvidas de que haveria um grande número de pequenas comunidades nas quais ela poderia continuar como Lady Gertrude Fotheringale. E assim que estivesse estabelecida em algum lugar aconchegante e isolado, enviaria uma carta anônima descrevendo em detalhes sórdidos os encontros escandalosos entre Temperança Shackleford e o conde de Ravenstone. E o que ela não sabia, podia simplesmente inventar.

Ninguém jamais poderia dizer que Dolly Smith era desprovida de imaginação...

Não havia dúvida de que Percy estava começando a sentir o cheiro da mentira. A insistência do reverendo para que fossem caminhar no Saint James' Park era muito estranha, já que o Hyde Park ficava muito mais perto e tinha muito mais caminhos para escolherem. Mais suspeito ainda era o fato de que estavam caminhando sob uma chuva torrencial. Em circunstâncias normais, um clima tão ruim teria feito o reverendo se lembrar de horas agradáveis em uma taverna aconchegante e, como os dois estavam molhados dez minutos depois de saírem da Grosvenor Square, a determinação do religioso em chegar ao parque e, em particular, visitar a Feira do Leite no canto mais distante estava começando a preocupá-lo.

— Mas, senhor — ele protestou pela décima vez —, é improvável que haja muitas vacas por lá com esse tempo, e me perdoe por dizer isso, mas não é como se o senhor nunca tivesse visto uma antes, ou tomado leite direto de uma teta de qualidade, o que é sem dúvida melhor.

— É tudo uma questão de experiências enriquecedoras, Percy — rebateu o reverendo, colocando o chapéu com mais firmeza na cabeça para evitar que a chuva caísse em seu rosto. — Afinal, Deus trabalha de maneiras misteriosas. — Percy suspirou e balançou a cabeça, ciente de que o último comentário de seu superior era de praxe sempre que não queria falar sobre o assunto.

— Mas e quanto a Gertrude Fotheringale? — insistiu o coadjutor, determinado pela primeira vez a descobrir o que diabos eles estavam fazendo e por que o reverendo estava tão empenhado em enganá-lo. — Quero dizer, senhor, certamente deveríamos estar ajudando a levar a mulher vulgar à justiça, certo?

O reverendo não conseguiu mais se conter.

— Exatamente, Percy. Eu mesmo não poderia ter dito melhor — disse ele, parando diante do homem pequenino que agora o olhava apavorado. — É por isso que estamos indo em direção à Feira do Leite. Soube de fonte fidedigna que a... a... vil criatura pretende se encontrar com Lorde Ravenstone perto desse local.

— Que fonte? — perguntou Percy, angustiado.

O reverendo lhe lançou um olhar estreito.

— E isso importa? — perguntou ele com desdém, e em seguida disse em um tom mais tranquilizador: — Pode ter certeza, Percy, de que tenho tudo sob controle. Tudo o que precisa fazer é seguir as minhas orientações. Por caso já o decepcionei?

Ele olhou seriamente para o seu coadjutor, adotando o olhar piedoso que pode ter funcionado uma vez, mas não agora que Percy estava bem ciente de que seu superior estava apenas tentando enganá-lo.

— O duque sabe o que estamos fazendo? — Percy perguntou quando o reverendo voltou a andar.

— Não tenho dúvidas de que Sua Graça ficará muito grato por nossa intervenção oportuna — comentou Augusto Shackleford após uma breve pausa.

Em outras palavras, o duque de Blackmore não fazia ideia de que seu sogro planejava atrapalhar mais uma vez. De repente, Percy não conseguia respirar. Por um segundo, temeu muito estar tendo um ataque dos nervos. Ele não tinha ideia do que fazer. Não havia tempo para voltar a Grosvenor Square e avisar a Sua Graça, mas, quando Nicholas Sinclair descobrisse, teriam sorte se não perdessem seu cargo em Blackmore.

Engolindo seu mal-estar o máximo que pôde, Percy finalmente percebeu que, quisesse ele ou não, seu destino estava ligado ao do reverendo e nesta ocasião — como em tantas outras — só lhe restava acompanhá-lo na esperança de que pudesse, de alguma forma, diminuir as consequências da mais recente empreitada tola de seu superior.

O problema era que Percy estava muito preocupado com o fato de que, nessa ocasião, ele e o reverendo Shackleford poderiam muito bem acabar tendo o mesmo fim.

Adam Colbourne não estava conseguindo prestar atenção no que o duque estava dizendo, o que era um absurdo, já que ele estava prestes a embarcar no que poderia ser uma empreitada muito perigosa.

173

Infelizmente, cada parte do seu corpo, incluindo seu cérebro claramente maluco, não conseguia pensar em outra coisa senão na sensação dos lábios de Temperança Shackleford nos seus. Na verdade, já não antecipava as núpcias iminentes com aversão, mas com uma expectativa inesperada que, segundo ele disse a si mesmo, não tinha nada a ver com sua cabeça e tudo a ver com seu pau.

Contudo, qualquer que fosse o motivo, ele não conseguia sentir nem um pingo de desprezo pela futura noiva. Raiva, sim; frustração... raios, sim. Mas aversão? Nem um pouco. Ele se viu admirando a maneira como ela não tinha medo de discutir com ele, até mesmo de lhe dar um soco no nariz quando acreditava que ele merecia. Uma união entre eles pode ter sido indesejada, mas com toda a certeza nunca seria monótona.

Exceto pelo fato de que ela não pretendia se casar com ele. Inexplicavelmente, só de pensar que ela queria cancelar o matrimônio fez com que Adam tivesse vontade de cravar uma espada em alguém. De preferência, em Dolly Smith. Rangendo os dentes, de repente deu-se conta de que toda a sala havia ficado em silêncio e que seus ocupantes olhavam para ele. Ao erguer os olhos, viu o mordomo idoso equilibrando uma garrafa de clarete que pairava instável sobre o copo do conde. Com um tossir breve, Adam acenou com a cabeça, e Bailey, dando um suspiro de alívio, serviu o líquido e se retirou.

Enquanto os cavalheiros continuavam a beber vinho, as três damas optaram pelo chá, embora Temperança não pudesse deixar de pensar que um pouco de álcool poderia, na verdade, parar o turbilhão incessante em sua cabeça. Isso, junto de sua preocupação com o conde, a fez querer se retirar para o quarto com a garrafa inteira. Com um suspiro, ela olhou para Graça, reparando, não pela primeira vez, a repentina reticência da irmã em relação ao consumo de álcool. Temperança franziu a testa, esperando que não houvesse nada de muito errado. Era preciso dizer que Graça andava muito pálida ultimamente. Disse para si mesma que iria confidenciar suas preocupações à senhorita Beaumont assim que a questão da odiosa Dolly Smith tivesse sido resolvida.

Faltando apenas quarenta e cinco minutos para o encontro do conde, o duque tocou a sineta para que a carruagem fosse trazida. Quando Lorde Ravenstone protestou alegando que seria melhor se ele fosse a pé, Nicholas balançou a cabeça.

— O tempo está ruim e a última coisa que vai querer é chegar lá encharcado. Assim que a carruagem chegar ao Palácio de Saint James, desceremos e continuaremos a pé. Malcolm e eu esperaremos por mais cinco minutos e o seguiremos. — Levantando-se, ele se abaixou para dar um beijo na bochecha de sua esposa. — Se as damas me derem licença, tentarei parecer um comerciante com algumas das roupas de Malcolm.

— Não vão lhe servir, amigão — brincou o escocês. — São necessários anos de dedicação para desenvolver um belo físico como o meu.

— Quer dizer comer doces demais, isso sim — rebateu Nicholas, irônico, enquanto saía da sala.

Rindo, Malcolm terminou seu vinho antes de se voltar para Adam:

— Talvez isso não seja para os ouvidos delicados das damas — ele se desculpou —, mas preciso lhe perguntar, amigão: está levando alguma arma?

Embora Felicity tenha se mantido calma diante da possibilidade de derramamento de sangue, Temperança enrubesceu, e Graça ofegou baixinho.

— Certamente não chegará a esse ponto — murmurou a duquesa com medo.

— Espero que não, Vossa Graça — respondeu Malcolm —, mas seria bom que o rapaz considerasse que uma pessoa com uma natureza tão desonesta não pensaria duas vezes em acabar com qualquer um que estivesse em seu caminho.

— Estou com a minha pistola preparada — respondeu Adam rapidamente — e uma pequena espada também.

O valete do duque concordou com a cabeça, satisfeito.

— Então vamos acabar logo com esse maldito assunto. — Ele inclinou a cabeça para as três damas e saiu da sala sem esperar pelo conde.

— Algo me diz que um criado como Malcolm talvez nunca seja muito disputado na alta sociedade — comentou Adam, fazendo uma careta de brincadeira ao ver a partida indecorosa do escocês —, mas não posso negar minha fervorosa gratidão por ele e o duque estarem me protegendo.

Levantando-se, ele fez uma reverência a Graça e Felicity antes de voltar sua atenção para Temperança, que o encarava, seu olhar azul fixo no dele.

— Madame — disse ele inclinando a cabeça —, estou convencido de que começamos com o pé errado em Devonshire. Uma união entre nós pode não ter sido o que planejávamos, mas, ainda assim, faço votos para nos *darmos* muito bem juntos.

A ênfase que ele deu à palavra "darmos" fez com que a mente dela voltasse imediatamente para o beijo ardente que compartilharam. Sem esperar por uma resposta, ele fez outra breve reverência e caminhou em direção ao salão onde o duque e Malcolm estavam prontos e esperando.

Temperança o seguiu com o olhar, seu coração batendo apaixonado. Por que ela tinha a terrível sensação de que talvez nunca mais o visse?

Capítulo 19

Os três homens ficaram sentados em silêncio na carruagem que os levava ao Saint James' Park e, inevitavelmente, os pensamentos de Adam voltaram para Temperança. Seus sentimentos por ela eram um emaranhado confuso. Se sua cabeça não estivesse um turbilhão, acharia graça. De fato, se fosse algum de seus inúmeros amigos ou conhecidos, sem dúvida teria zombado deles. Sua única certeza era de que nunca havia desejado uma mulher como Temperança Shackleford. Ele, mais do que ninguém, sabia muito bem que a maioria dos casamentos começava com muito menos. Com um suspiro, trouxe sua mente de volta para o assunto em questão e, ao erguer os olhos, deparou-se com o duque fitando-o com algo semelhante à piedade.

— Ouvi o que disse para minha cunhada quando saíamos — disse Nicholas. — Gostaria de agradecer por ter aceitado a situação tão rápido. Creio que não teve o intuito de arruinar Temperança, mas sua disposição em corrigir qualquer questão mostra que é um verdadeiro cavalheiro.

Foi o mais próximo de um pedido de desculpas que Adam poderia receber e, consequentemente, ele abaixou a cabeça em agradecimento, resistindo ao impulso de dizer à Sua Graça que querer consertar as coisas não era bem o primeiro item na sua lista de prioridades ao considerar o casamento com Temperança Shackleford. No entanto, enquanto continuavam a se olhar, para sua surpresa, a boca do duque se contraiu em um leve sorriso e ele ergueu as sobrancelhas, fazendo Adam suspeitar de que Sua Graça sabia exatamente o que o conde estava pensando.

— Muito bem, amigão, vamos nos posicionar de modo que possamos vê-lo — interrompeu Malcolm. — Não nos procure, embora seja provável que estejamos bem à vista, dependendo da movimentação da feira. Lembre-se de que a última coisa que queremos fazer é desviar a atenção de Dolly de você. Se ela suspeitar de algo, não sabemos o que fará, portanto precisa deixá-la tranquila pelo menos até sabermos exatamente o que a maldita mulher quer.

— Só para deixar claro — disse Adam com frieza —, não tenho intenção de lhe entregar uma moeda sequer. Não ficarei nas mãos dessa mercenária mau-caráter.

Os outros dois homens acenaram com a cabeça em concordância.

— Assim que ela confessar seu propósito — sugeriu Nicholas —, e imagino que ela não tardará muito a chegar a esse ponto, poderá parar de fingir.

— Direi a ela exatamente o que sabemos — disse Adam com severidade —, e deixarei perfeitamente claro o que faremos com a informação caso ela se recuse a nos deixar em paz.

— Espero que a maldita decida rápido que sua liberdade vale mais do que o dinheiro — acrescentou Nicholas.

— Sim, eu também, mas não contaria com isso, amigão — comentou o escocês, sério. — Fique calmo e não confie nela até ter certeza de que ela está nas nossas mãos.

Dez minutos depois, a carruagem parou no lado oeste do Saint James' Park. A maior parte da Feira do Leite ficava no canto nordeste, perto de Whitehall. Por sorte, a chuva finalmente tinha diminuído; Adam desceu primeiro e seguiu seu caminho ao longo do pitoresco canal que atravessava o centro do parque em direção ao Spring Garden, ao lado do qual funcionava a Feira do Leite. Tinha certeza de que não haveria muitos clientes do lado de fora a essa hora do dia, principalmente por causa do clima, mas quando chegou — apenas cinco minutos antes do horário combinado —, ficou surpreso em ver um bom número de pessoas se aglomerando em torno das pequenas barracas que abrigavam pelo menos uma dúzia de vacas.

Com cautela, Adam olhou em volta. Sem nunca ter visto Gertrude Fotheringale, ou melhor, Dolly Smith, ele não tinha a menor ideia de como a mulher era, a não ser por uma descrição sinistra fornecida pelo reverendo e por Percy. Segundo a descrição deles, a mulher parecia uma gárgula.

Seguindo as instruções de Malcolm, não fez nenhuma tentativa de localizar os dois homens e fez o possível para parecer que estava apenas passeando enquanto esperava por alguém. Felizmente, ele não teve que esperar muito tempo.

Às três da tarde em ponto, foi abordado por uma mulher grande com um chapéu ridículo que tinha um pavão quase depenado em cima. Ela também tinha uma verruga feia na ponta do nariz, de onde saía um grande pelo preto. Ele não pôde deixar de recuar um pouco com o cheiro azedo que emanava da criatura e teve apenas um breve momento para refletir que a descrição do reverendo não estava muito errada, afinal de contas.

— Meu senhor... — Ela sorriu com um sorriso coquete, revelando uma fileira de dentes pretos.

O conde revisou sua primeira impressão. Em vez de uma gárgula, a mulher se assemelhava a uma caricatura de uma mulher insolente desenhada por George Cruikshank; Adam teve dificuldade de levá-la a sério.

Ela fez uma reverência exagerada e, lembrando-se do conselho anterior do duque, Adam conteve sua repugnância e inclinou a cabeça educadamente.

— Entendo que tem alguma informação para mim, madame — disse ele, mantendo o tom de voz cuidadosamente indiferente.

— Ora, senhor, esperto da sua parte ir direto ao assunto... — Ela riu antes de sua expressão se alterar de repente, e Adam não sentia mais vontade de rir ao dar-se conta de que Malcolm estava certo: quem quer que fosse Dolly Smith, não deveria ser tratada com leviandade.

Ela se aproximou mais dele, e ele conseguiu resistir ao impulso de dar um passo para trás. Em vez disso, apenas inclinou a cabeça e esperou.

Sem perder tempo, ela logo esclareceu a questão a ele, tomando muito cuidado para florear o relato e, obviamente, adorando a história. Adam cravou as unhas nas palmas das mãos, focando na dor física enquanto se forçava a ouvir as obscenidades dela.

— E o que exatamente quer que eu faça com essas acusações infames? — ele disse quando ela finalmente parou.

Ela lhe lançou um olhar malicioso:

— Umas meras cinco mil libras encerrariam o assunto, senhor — declarou ela. — Não sou uma mulher gananciosa e, sem dúvida, essa é uma quantia insignificante para alguém de sua posição.

— E se eu lhe der essa quantia? — Adam respondeu.

— Pode ter certeza, senhor, de que nunca mais me verá ou ouvirá falar de mim. — A sinceridade forçada de suas palavras fez com que Adam tivesse vontade de vomitar.

— Que garantia eu tenho de que manterá sua palavra?

Houve uma pausa enquanto ela o olhava como um gato olha um rato:

— Nenhuma, senhor — ela finalmente respondeu com um meio-
-sorriso malévolo. — Mas tenho certeza de que a outra opção é muito pior. E, sem dúvida, não ficarei em Londres depois que nossa
transação for concluída.

Adam permaneceu em silêncio por alguns segundos, dando a ela
a impressão de que estava considerando seriamente a oferta. Seu estômago revirou quando o sorriso dela se tornou mais largo, até que
ele finalmente decidiu que já era o bastante.

— Não — disse ele. — Afinal, tenho a certeza de que há vários
indivíduos menos respeitáveis à procura de uma Dolly Smith. De fato,
se eu fosse a senhora, minha prioridade seria deixar a cidade o mais
rápido possível.

O sorriso zombeteiro no rosto dela se apagou, e ela estreitou os
olhos para ele. Adam apenas esperou, na expectativa de que tivesse
feito o suficiente para persuadi-la a esquecer a tentativa de chantagem. No entanto, a outrora Gertrude Fotheringale era obstinada e
não largaria o osso tão fácil.

— Senhor, não conheço nenhuma Dolly Smith — respondeu a
mulher com a voz cuidadosamente indiferente. — Quem é ela?

Adam percebeu que ela não desistiria sem provas. Então repetiu
a informação que Malcolm havia descoberto:

— Lady Gertrude Fotheringale era conhecida no passado como
Dolly Smith — disse ele. — Seu marido era dado a apostas, mas, im-
prudentemente, decidiu roubar um agiota. Infelizmente, ele pagou
por sua presunção com a própria vida, mas o dinheiro sumiu. Acre-
dita-se que sua esposa fugiu com o montante e desapareceu, passando a ter uma nova vida… Em Devonshire — finalizou ele, irônico.

A postura dela agora era a de um rato encurralado.

— E você compartilhou essa mentira deslavada com alguém?

Adam a olhou fixamente:

— Até o momento não informei às autoridades nem aos seus comparsas de outrora de seu milagroso reaparecimento — disse ele, com a voz gélida. — Mas não tenha dúvidas de que não hesitarei em fazê-lo se persistir com seu plano imoral.

Estavam próximos o suficiente para que Adam pudesse ter esticado a mão para torcer o pescoço da maldita se quisesse. Ele também estava perto o suficiente para perceber o momento exato em que ela resolveu fugir.

Infelizmente, ele não se deu conta de que ela tinha um último trunfo e, embora o conde a estivesse observando atentamente, não viu quando ela tirou a pistola da manga.

Tanto o reverendo quanto Percy estavam encharcados até a roupa de baixo quando chegaram ao Saint James' Park. Até Freddy, que geralmente adorava sair, estava tremendo com o rabo entre as pernas. Tanto o homem quanto o cachorro estavam realmente gratos por terem conseguido uma xícara de leite na feira. A leiteira não devia ter mais de doze ou treze anos. Magra e desleixada, ela não gerou nenhuma simpatia ao coadjutor. No entanto, o leite era agradável e ajudou a saciar a fome, já que nem ele nem o reverendo haviam almoçado.

— Raios, Percy, estou morrendo de fome — comentou Shackleford, provando mais uma vez sua extraordinária capacidade de dizer o que quer que estivesse na mente do coadjutor. Ele olhou para o relógio de bolso. — Se formos rápidos, talvez dê tempo de comprarmos uma torta quente.

— A que horas o conde vai se encontrar com Gertrude Fotheringale? — perguntou Percy, nervoso.

— Segundo meu informante, nossa adversária pediu que Lorde Ravenstone estivesse nesta extremidade do parque às três da tarde — confidenciou o reverendo. — Já são quase quinze para as três, então tenho certeza de que temos tempo suficiente para comer e ainda estar de volta aos nossos postos antes da hora marcada.

— Mas e se ela já estiver aqui, senhor? — protestou Percy, claramente relutante em deixar o abrigo duvidoso.

O reverendo olhou em volta para os clientes que se aglomeravam com súbita inquietação. Dado o pouco tempo que seu *informante* havia lhe dado, ele não havia conseguido arranjar um disfarce para si mesmo ou para Percy, e estava bem ciente de que Gertrude Fotheringale os reconheceria caso já estivesse à espreita nas proximidades.

Após alguns segundos, Augusto Shackleford fez um aceno relutante com a cabeça:

— Parece que teremos que esperar para comer até que a odiosa criatura seja responsabilizada, Percy, meu caro — suspirou. — Mas, ainda assim, Deus trabalha por... e tudo mais. Não tenho dúvida de que o Todo-Poderoso me recompensará com tortas quentes todos os dias quando eu estiver ao seu lado.

— O que pode ser mais cedo do que pensa — Percy murmurou dentro da xícara, frustrado.

Os dois homens se esconderam mais no fundo do abrigo de vacas, atrás de um grande espécime preto e branco que, infelizmente, acabou gostando de Freddy, mordiscando delicadamente sua orelha sempre que ele se aproximava demais.

— Vaca maldita — protestou o reverendo. — Aqui, Percy, troque de lugar. Tenho certeza de que sua orelha será muito mais saborosa do que a de Freddy.

Antes que eles pudessem trocar de posição, Percy ofegou de repente.

— O quê, o que foi, viu alguma coisa? A mercenária está aqui?
— O reverendo Shackleford empurrou o coadjutor para fora do caminho para tentar ver o que estava acontecendo.

Ao fazer isso, teve a infelicidade de se aproximar demais da vaca que, em uma tentativa de fungar o pescoço de Freddy, chegou mais perto e, inadvertidamente, pisou no pé do clérigo.

— Raios, Percy — gemeu o reverendo, empurrando inutilmente a vaca que o ignorava completamente enquanto começava a se esfregar na boca de Freddy.

Augusto Shackleford estava agora cercado por ambos os lados e perdendo rápido toda a sensibilidade do pé esquerdo. Ele fez um último esforço para empurrar a vaca e ficou pasmo quando ela realmente se moveu. Na verdade, seu espanto foi tanto que ele se desequilibrou e caiu de cara no chão, bem em uma mistura nojenta de lama e esterco.

Cuspindo, ele arrastou o rosto da porcaria e se sentou. Naturalmente, Freddy achou o odor de esterco muito mais apetitoso do que o de seu dono e começou a lamber o rosto do reverendo com prazer.

Afastando o cachorro animado, o reverendo olhou para o seu coadjutor, que agora estava torcendo as mãos em pânico.

— O que está acontecendo, Percy? — Ele tossiu enquanto tirava os pés do lodo.

— Sua senhoria está falando com ela — respondeu o coadjutor —, mas não consigo ouvir o que estão dizendo.

Levantando-se, reverendo Shackleford acenou para que Percy saísse do caminho, o que, é claro, o homenzinho fez de bom grado, já que seu superior estava cheirando a fossa.

Completamente alheio aos olhares de mau gosto que lhe eram dirigidos, o reverendo saiu do abrigo. Felizmente, havia parado de chover e os dois homens tinham uma excelente visão do conde e de

Lady Fotheringale, que não estavam a mais de vinte metros de distância. Adam Colbourne estava de costas para eles, mas sua postura revelava o quanto estava tenso. Olhando em volta, o reverendo também viu o duque e Malcolm. Nicholas Sinclair estava vestido com roupas de plebeu e não seria facilmente reconhecido, embora o reverendo tivesse certeza de que Gertrude Fotheringale dificilmente reconheceria a própria mãe naquele momento, tamanha era sua concentração em Lorde Ravenstone.

O reverendo Shackleford, embora não fosse conhecido por sua intuição, sentiu no âmago que algo terrível estava prestes a acontecer (mais tarde, ele diria que foi o Todo-Poderoso que lhe deu um empurrão na direção certa). Depois de dar a guia de Freddy a Percy, ele deu mais um passo à frente. Tanto o duque de Blackmore quanto o escocês estavam posicionados atrás da mercenária, portanto não detectaram os movimentos de suas mãos enquanto ela tirava algo da manga e, depois de um segundo horrível, o reverendo percebeu que Lorde Ravenstone também não tinha visto a destreza da mão dela.

É claro que Augusto Shackleford também não era conhecido por ser lá muito corajoso, por isso, quando o reverendo ficou de pé, Percy realmente pensou que seu superior estava fugindo. Mas, em vez de correr na direção oposta, o reverendo na verdade correu direto para a dupla desatenta, exatamente quando Gertrude Fotheringale levantou a mão para apontar a pequena pistola para o conde.

Berrando como um touro enfurecido, o reverendo Shackleford se lançou sobre a golpista, que só teve tempo de olhar para ele em estado de choque antes de cair de costas no chão com o reverendo caindo sobre ela. Então, tudo pareceu acontecer ao mesmo tempo.

Percy soltou o cão de caça uivante, o duque e Malcolm correram em direção à confusão, Lorde Ravenstone avançou rápido e a arma de Gertrude Fotheringale disparou.

Capítulo 20

Temperança se recusou a sair do quarto do pai nas últimas três horas, enquanto Malcolm tentava estancar o sangramento e tratar o ferimento do reverendo. Por sorte, a bala não atingiu nenhum órgão vital, embora tenha deixado um grande buraco bem no ombro esquerdo do clérigo.

Um sentimento terrível de culpa inundou Temperança, pois essa sequência de eventos horríveis era culpa sua. Se ela não tivesse se comportado de forma tão vergonhosa, seu pai não estaria deitado naquela cama com um buraco de bala no ombro.

Nem o conde de Ravenstone estaria tendo que se sacrificar em um casamento sem amor que ele não queria nem nunca quis. As lágrimas escorriam de seu queixo quando ela se sentou no topo da escada. A parte mais triste era que o casamento poderia muito bem ser sem amor do lado dele, mas Temperança finalmente admitiu para si mesma que do lado dela não era bem assim. E isso tornava tudo ainda pior. Como raios ela foi se apaixonar por Adam Colbourne?

Ela não tinha a menor ilusão de que ele seria fiel. De fato, isso era algo que ela não tinha o direito de esperar, dadas as circunstâncias. Mas só de pensar em ser esposa dele e saber que ele estava indo ver uma amante a deixava com um nó no estômago.

De repente, a porta atrás dela se abriu e saiu um Malcolm cansado:

— Seu pai está dormindo, moça — disse ele —, e se conseguirmos evitar qualquer infecção no ferimento, acho que ele deve se recuperar.

— Vai pedir a um médico que o examine? — perguntou Temperança, levantando-se.

— Não, moça, a menos que esteja procurando por sanguessugas e utensílios sujos. Limpei bem o ferimento com o melhor conhaque de Sua Graça. — Ele soltou uma risada sombria. — E tenho certeza de que o álcool ajudará mais do que qualquer médico. — Ele olhou em volta antes de continuar. — Sua Graça está em casa?

— Ele está na sala de visitas com Lorde Ravenstone, minha irmã, Lady Felicity e Percy — respondeu Temperança. — Creio que estejam decidindo o que fazer agora.

— Quer dizer depois que a mercenária maldita fugiu? — questionou o escocês com uma carranca. — Mesmo assim, ela não estará cheirando muito bem depois de terem esfregado bosta de vaca nela, então não será fácil nos esquecer. Não se preocupe, moça, nós a encontraremos antes do fim do dia.

Temperança sorriu para ele com gratidão e então perguntou se poderia entrar para ver o pai.

— Melhor não. Eu lhe dei uma dose para que ele durma como um bebê nas próximas horas. Voltarei para ver como ele está depois de falar com Sua Graça. Está disposta a cuidar dele enquanto estivermos procurando nossa maldita mercenária assassina?

— Precisam mesmo pegá-la? — perguntou Temperança, ansiosa. — Digo, é improvável que ela cause mais problemas agora que é de seu conhecimento que sabemos a verdade a seu respeito. Principalmente se ela acredita que meu pai morreu. No que lhe diz respeito, ela pode ser procurada por assassinato.

Malcolm balançou a cabeça, sério:

— Isso a torna ainda mais perigosa, moça. Ela não tem nada a perder e, como um rato encurralado, pode muito bem decidir atacar. Venha, vamos informar aos outros quanto ao estado de seu pai. Pelo menos essa é uma boa notícia.

Temperança se controlou para não chorar mais e fez que sim com a cabeça, pegando as saias e seguindo obediente o valete pelas escadas até a sala de visitas. Na verdade, ela não queria ver Lorde Ravenstone outra vez tão cedo. Quando trouxeram seu pai, ela recuou ao ver o rosto do conde tomado pela fúria. Ela achava que já o tinha visto com raiva antes, mas não era nada comparado à raiva fria que ele estava demonstrando depois de sua tentativa fracassada de persuadir Dolly Smith a desistir de seu plano.

Mais do que tudo, Temperança tinha medo de ver aquela mesma expressão no rosto do conde quando ele olhasse para ela. Principalmente quando ele chegasse à mesma conclusão inevitável de que a terrível situação poderia ser toda por culpa dela.

Quando Malcolm abriu a porta da sala de visitas, ela ficou atrás dele. Escondida — ela pensou consigo mesma, enojada. Graça se levantou no mesmo instante:

— Como ele está? — perguntou ela, deixando sua ansiedade transparecer no rosto pálido e na voz baixa.

— Está dormindo — respondeu o escocês e então repetiu o veredito anterior.

Antes que Graça pudesse perguntar mais alguma coisa, ouviu-se um choro alto, seguido de um soluço, e todos os olhares se voltaram para o coadjutor, que estava sentado miseravelmente, segurando a cabeça de Freddy em seu colo.

— É tudo culpa minha — lamentou Percy, sem tentar conter o fluxo de lágrimas. — Devia tê-lo impedido. Devia tê-lo forçado a voltar.

— Não se culpe — disse Graça, sentando-se e colocando uma mão gentil no ombro do homenzinho.

— Percy, você não tem culpa de nada. Quando é que algum de nós foi capaz de impedir meu pai de fazer qualquer coisa que ele enfiasse na cabeça?

— E, se ele não estivesse lá — comentou o conde —, acho que eu não estaria sentado aqui agora. Apesar de todos os conselhos que me foram dados, subestimei a criatura. Não vi a arma. Sem a intervenção do reverendo Shackleford, eu estaria morto. — Sua expressão impassível e sua voz objetiva deram peso à sua declaração contundente.

Temperança não conseguia mais ficar em silêncio e saiu de trás do valete:

— A única culpada pelo infortúnio em que nos encontramos sou eu — ela quase sussurrou. — Se eu não tivesse sido tão... tão... diabolicamente teimosa e determinada a não dar ouvidos a ninguém, não estaríamos aqui. Sei que isso é verdade, e vocês também sabem.

Ela olhou para o duque e para a irmã.

— Perdoem-me por colocá-los em uma situação tão intragável — continuou ela, engolindo o desejo de irromper em mais lágrimas. — Talvez não acreditem em mim, mas estou verdadeira e profundamente arrependida.

Ela então voltou sua atenção para o conde, que ergueu as sobrancelhas, mas não disse nada.

— Milorde — disse ela, com a voz trêmula —, o que quer que eu diga não será suficiente para transmitir meu profundo pesar por tê-lo colocado em tal posição. Tanto minhas palavras quanto minhas ações foram imperdoáveis. Só posso esperar que, com o tempo, me perdoe. — Ela engoliu em seco outra vez e olhou para o chão antes de prosseguir: — Foi arrastado para uma situação que nada tinha a ver com o senhor, e eu gostaria de corrigir isso. — Ela respirou fundo e olhou para as mãos. — Portanto, eu o libero do noivado forçado. De agora em diante, não nos casaremos mais.

Houve um silêncio ensurdecedor. Por alguns segundos, ninguém disse nada, até que Felicity Beaumont falou com aquele seu tom sensato de sempre, atraindo os olhos de Temperança para ela.

— Seus sentimentos são louváveis, minha querida, mas deve pensar no que acontecerá com a senhorita caso essa história venha à tona. Sem o nome de Lorde Ravenstone, não terá nenhuma proteção contra aqueles que querem lhe fazer mal.

— Sou filha de um vigário — foi a resposta sardônica de Temperança — e me perdoe, Felicity, mas, apesar de seus esforços admiráveis, é tudo o que eu sempre serei. — Ela deu um sorriso trêmulo para Graça. — Não sou como minha irmã, que não seria capaz de machucar nem uma mosca. Infelizmente, pode-se dizer que sou até violenta. Não importa o que eu faça, nunca conseguirei controlar meu gênio forte. — Ela fez uma pausa e balançou a cabeça. — Não me encaixo neste mundo e quero voltar para Blackmore. Quando estiver lá, os rumores escandalosos que espalharem a meu respeito não importarão. — Ela se voltou para o duque, que a olhava intrigado. — E creio, Vossa Graça, que o senhor também não dará a mínima para o que for dito da família de sua esposa.

Ela finalmente se permitiu olhar para o conde, que a encarava impassível por vários e intermináveis momentos de inquietação.

— Só para ter certeza de que entendi, senhorita Shackleford — ele rebateu por fim —, devo entender que a senhorita não quer, de fato, seguir com nosso casamento?

Aos frangalhos por dentro, Temperança ainda assim se levantou e concordou com a cabeça:

— Isso mesmo, milorde — ela conseguiu responder. — Agora, se o senhor me der licença, enquanto discute o que deve ser feito com a odiosa Dolly Smith, vou ver como está meu pai. — Ela se virou para sair da sala e então pensou em outra coisa que queria dizer. — Como não me importo com o que dizem a meu respeito, certamente a criatura não pode fazer mais mal algum. Talvez seja mais seguro apenas deixar que essa mulher vingativa sinta que levou a melhor antes de voltar para sabe-se lá de onde ela veio.

Dolly Smith não era apenas vingativa, tinha plena convicção de que era ela a vítima da história. Na verdade, sua raiva pela injustiça era tamanha que qualquer um que a visse poderia muito bem achá-la mais do que um pouco louca. É claro que o fato de ela estar coberta de cocô de vaca e não ter trocado de roupa não ajudava nem seu estado de espírito nem seu ar de desânimo. E, para completar, o pavão em seu chapéu finalmente perdera a cabeça. Literalmente.

No momento, ela estava observando a casa alugada de uma distância discreta e bem escondida. Sua cautela valeu a pena quando avistou dois meninos de rua vagando por um beco do outro lado. Então o conde maldito havia mentido quando negou ter espalhado a notícia de sua presença no bairro. Ela não tinha ilusões de que o chefão não iria querer se vingar agora que sabia de seu retorno, mas, já que seu fim era inevitável, ela se certificaria de levar a maldita Shackleford carrancuda junto.

Temperança estava andando de um lado para o outro no quarto, o coração batendo na boca. Graça a visitara há menos de quinze minutos para informá-la de que Nicholas, Adam e Malcolm haviam saído outra vez à procura da malcheirosa Dolly Smith. Percy fora com eles, e Freddy também, pois esperavam que o cachorro pudesse ajudá-los farejando a rameira, principalmente porque a confusão da tarde havia decapitado o pavão de seu chapéu horrível e, depois que Percy persuadiu o animado cão de caça a não comer a cabeça carcomida por traças, os homens ficaram esperançosos de que Freddy poderia levá-lo à sua presa.

Temperança continuou a cuidar do pai que, felizmente, ainda estava dormindo tranquilo. Ela verificou se havia algum sinal de infecção, como o escocês lhe instruiu, mas até agora a vermelhidão não mostrava sinais de se espalhar, e agora ela não tinha nada para fazer a não ser se preocupar.

Ela e Graça haviam evitado o assunto de sua declaração anterior. De fato, havia muito pouco a dizer. Uma vez que Dolly Smith tivesse sido presa, ela e o conde seguiriam cada um o seu caminho. E, se o que suspeitava de Graça fosse verdade, então Temperança tinha certeza de que a irmã também voltaria a Devonshire com o marido e o pai delas, assim que ele pudesse viajar.

Tudo voltaria ao normal, e sua breve estadia em Londres pareceria um sonho fantasioso. Temperança sabia que seu lugar era entre as colinas de Devonshire. Não sabia onde estava com a cabeça quando pensara que algum dia se encaixaria na elegante alta sociedade.

Exceto por uma pessoa. E, na verdade, ele estava tão acima dela quanto todos os outros. Por alguns segundos tentadores, ela se permitiu imaginar estar segura nos braços do homem cujo perfume ela desejava com todas as fibras de seu ser. Um homem que, em seu coração, achava que poderia ter gostado de sua franqueza e vivacidade. No entanto, tudo fora por água abaixo e agora era tarde demais.

De repente, ela ouviu uma comoção no andar de baixo e, arrancada de seu devaneio, saiu correndo de seu quarto para espiar pela varanda. Felizmente, todos os quatro homens haviam voltado, junto de um Freddy muito abatido.

Ao se juntar a eles, além de Graça e Felicity, Temperança descobriu que Freddy havia localizado a casa que Dolly Smith estava alugando, mas a mulher claramente não havia retornado após a briga com o reverendo. O conde também havia notado a presença dos jovens que por lá vagavam e então entendeu a situação. Sem querer especular como a notícia do retorno de Dolly havia chegado a ouvidos malévolos tão rápido, os quatro homens decidiram sair logo da vizinhança para não serem coagidos a ajudar algum criminoso em sua busca pela mulher assassina.

Era muito provável que Freddy estivesse triste apenas porque não o deixaram comer a cabeça de pavão cheia de cocô.

Por sorte, após a senhora Jenks lhes servir um repasto frio de boas-vindas, o consenso das discussões era de que nunca mais veriam Gertrude Fotheringale.

— Se ela tivesse bom senso, a maldita mulher já teria ido embora há muito tempo — declarou Malcolm. — Uma coisa é ser procurada por assassinato pela polícia, aposto meu braço direito que nossa Dolly é especialista nisso. Já o chefão do crime estar atrás de você, são outros quinhentos.

O conde não deixaria que as coisas ficassem assim. Ele já fora enganado uma vez por subestimar o adversário, e a fúria tanto por sua própria culpa quanto pela insolência da mercenária ainda o atormentava.

Contudo, no geral, o duque concordou com Malcolm:

— Duvido que sejamos mais uma preocupação de Dolly Smith. Creio que sua prioridade será salvar a própria pele. — Ele se virou para Adam e continuou com seriedade. — No entanto, entendo seu sentimento de apreensão, Adam, e creio ser importante saber que, se ela escapar da lei e do chefão, ainda pode tentar causar danos irreparáveis à sua reputação. — Ele olhou para Temperança. — À reputação dos dois.

Temperança balançou a cabeça.

— Como eu disse antes, não me importo mais — ela respondeu com firmeza. — Deixem a criatura fazer o que quiser. Qualquer escândalo que ela provocar acabará desaparecendo, sem nada para alimentá-lo. E... — Ela fez uma pausa, com a voz um pouco embargada. — E, sem dúvida, Lorde Ravenstone será ainda mais assediado pelas mães casamenteiras quando elas perceberem que ele não é totalmente inalcançável, já que quase caiu nas garras da filha de um mero clérigo.

Capítulo 21

Temperança não conseguia dormir. Toda vez que caía em um sono inquieto, era assombrada por imagens eróticas dela e do conde de Ravenstone em uma infinidade de posições comprometedoras, algumas das quais ela não tinha certeza se eram anatomicamente possíveis. Por fim, sentindo que enlouqueceria se acordasse mais uma vez à beira de... de... *algo* no fundo de suas partes íntimas, ela se sentou. Como diabos ela poderia continuar com sua vida se continuasse a ser atormentada por essas imagens sensuais e sensações inomináveis? Com um suspiro, ela se jogou de volta no travesseiro. Não fazia ideia de que horas eram, mas suspeitava de que não passava muito da meia-noite.

Ela sabia que Lorde Ravenstone havia sido convidado pelo duque para passar a noite na casa depois de suas aventuras e aceitara com gratidão a oferta de um banho quente. Temperança sabia em que quarto o conde estava dormindo, pois tinha visto as criadas cheias de risadinhas enquanto levavam baldes de água quente para o quarto dele. O pior de tudo é que o quarto de hóspedes ficava no outro lado do corredor, ao lado do seu. Seria muito fácil ir do seu quarto para o dele sem ser vista.

O que ele diria se ela fosse até ele? Ela recusara seu nome e sua proteção. Será que ele, por sua vez, se recusaria a dar ao corpo dela o que quer que desejasse tão desesperadamente?

Temperança havia deixado bem claro que ele não lhe devia nada. Ela aceitara o fato perturbador de que tinha uma propensão para ter pensamentos impuros — mesmo que sua imaginação obscena só parecesse ganhar asas quando se tratava de Adam Colbourne. Na verdade, ela estava grata por essa pequena misericórdia, já que o casamento estaria fora de questão para ela agora, especialmente se Dolly Smith conseguisse espalhar seu mexerico maldoso.

Porém, ela não podia, em sã consciência, forçar Lorde Ravenstone a um casamento que ele não queria, mesmo que ela desejasse ser dele em todos os sentidos. Será que Temperança conseguiria convencer o conde a mostrar a ela, apenas uma vez, antes que ele saísse de sua vida para sempre? Certamente não seria pedir muito. Ela não pediria mais nada a ele além de entender exatamente o que seu corpo desejava. Sentindo outra sensação de formigamento na junção de suas coxas, tomou uma decisão. Jogando a coberta para trás, ela saiu da cama e vestiu o roupão.

No caso improvável de alguém vir vê-la, ela mais uma vez criou uma imitação de corpo usando seus travesseiros sobressalentes, que cobriu com os cobertores. Então, trêmula, com uma mistura de frio, medo e expectativa, Temperança abriu a porta e deu uma espiada no corredor sombrio. Ela esperou por alguns segundos, até seu coração se acalmar, depois saiu para o corredor escuro, fechando a porta com cuidado.

Em poucos segundos, estava em frente à porta do conde. Uma pequena parte dela se perguntava o que diabos ela pensava que estava fazendo e ordenava que voltasse para a cama imediatamente. Hesitando na soleira da porta, ela estava prestes a ceder à voz que gritava em sua cabeça para voltar, quando a porta se abriu de repente à sua frente.

Ravenstone estava ali, vestindo apenas um par de calças que, mesmo na escuridão, Temperança podia ver que emolduravam suas pernas como uma segunda pele. O olhar dela seguiu os contornos do peito nu dele até que seus olhos finalmente se fixaram nos dele. Depois de dar uma olhada para o corredor ainda deserto, Adam xingou baixinho e a arrastou para dentro.

— Que diabos pensa que está fazendo? — ele questionou quando a porta foi fechada.

Temperança o encarou, subitamente sem palavras. Todas as súplicas vagas que estavam passando por sua mente desapareceram como um sopro de fumaça e ela se viu duvidando de sua própria sanidade.

Cruzando os braços em um gesto instintivo de autodefesa, ela finalmente se forçou a falar.

— Quero que você me mostre — sussurrou.

— Mostrar-lhe o que exatamente, senhorita? — Seu tom era austero.

— Eu... não sei — admitiu Temperança miseravelmente.

Assim como a maioria de suas conversas com Sua Senhoria, essa não estava indo nada bem.

Adam passou a mão pelo cabelo, frustrado. Ele estava lutando para controlar o fogo furioso que consumia todo o seu corpo só de ver as curvas suaves dela bem delineadas pelo traje noturno de tecido leve.

— Que diabos você quer de mim, Temperança? — ele continuou em um tom muito mais suave, usando o nome dela pela primeira vez. — Você se esquiva da minha proteção, mas aparece no meu quarto no meio da noite. Outro, em meu lugar, já teria lhe dado uma surra — acrescentou de forma grosseira.

Houve um momento de silêncio enquanto ela olhava para as sombrias e enigmáticas feições dele. O belo semblante misterioso dele, à luz da vela, roubou-lhe o fôlego e fez seu coração disparar loucamente. Então ela disse em uma voz baixa e hesitante:

— Sim. Por favor.

As palavras dela fizeram com que outra onda de desejo o invadisse, e a necessidade desesperada que já o dominava não lhe deu outra escolha senão aceitar a oferta dela. Com um gemido abafado, ele a puxou para seus braços, e o corpo dela encontrou o dele com Temperança dando um pequeno suspiro. A boca dele cobriu a dela em um beijo que se transformou em uma fusão febril de bocas, com a língua dele invadindo, acariciando e brincando com a dela. Adam a desejava com cada fibra de seu ser. Ela o preenchia com um desejo cru e descarado. Zombou de sua insistência em dizer que não precisava de nenhuma mulher em sua vida. Céus, como ele detestava esse desejo. Mas não conseguia pensar em mais nada além daquela necessidade avassaladora. Então os dedos dela se enroscaram em seu pescoço, subindo até seu cabelo, e ele já não conseguiu pensar em mais nada.

Perdido em uma névoa de desejo, deslizou a mão entre eles para agarrar a borda da fita de seda da camisola dela e puxar. O material frágil se abriu e, em um instante, os dedos dele encontraram o mamilo dela, já endurecido por seus beijos, e esfregaram ritmicamente para a frente e para trás no ponto sensível. A resposta dela foi se pressionar contra ele, tentando febrilmente se aproximar. Ela não fazia ideia do que viria a seguir, mas Adam sabia.

Erguendo-a em seus braços, ele logo a levou até a cama e a deitou. O frio em seus seios nus fez Temperança voltar a si e seus olhos voaram para os dele quando ele abaixou a calça e a jogou do outro lado do quarto. Ela passou a língua pelos lábios e olhou para o corpo nu dele, sua atenção foi infalivelmente para baixo, para a junção sombreada entre suas coxas. Meu Deus, o que ela deveria fazer com aquilo?

Ofegante, ela ergueu os olhos para o rosto de Adam enquanto ele subia na cama ao seu lado, curvando-se sobre ela e tomando sua boca. Instintivamente, Temperança se arqueou em sua direção quando os dedos dele retomaram seu outro mamilo. Ela estava gemendo agora, quase como um gatinho, e ele enterrou o rosto no pescoço dela enquanto a mão descia em direção ao centro macio. Naturalmente, as pernas dela se abriram, e ele afundou um dedo em seu núcleo úmido e apertado, saboreando os gemidos de êxtase dela enquanto ela se empurrava em direção à sua mão.

— Adam — ela ofegou, puxando os ombros dele —, por favor, eu... eu... preciso de você.

Em resposta, Adam sussurrou:

— Paciência, querida, daqui a pouco — enquanto usava a ponta do polegar para esfregar suavemente o botão recôndito em seu núcleo. Erguendo os quadris, ela gritou enquanto ele continuava a girar em círculos, levando-a implacavelmente em direção àquela coisa indescritível que ela sempre soube que estava lá. Quando pensou que morreria de prazer, ele inclinou a cabeça jogando os cabelos escuros para trás e levou um mamilo rosado à boca, e ela desabou, tirou as mãos dos ombros de Adam para se pressionar contra a dele que trabalhava no núcleo pulsante enquanto ela perseguia o seu prazer.

Com o corpo ainda trêmulo devido ao estremecimento após o clímax, ela mal percebeu quando Adam se posicionou acima dela.

— Olhe para mim, Temperança — disse ele, seu rosto tenso deixando transparecer o quanto estava se controlando para não mergulhar em seu calor úmido e apertado. Por um segundo, ela sentiu um medo intenso. Ela não conhecia esse lado de Adam. Ele agora era um macho primitivo totalmente determinado a torná-la sua. Seu rosto lhe dizia que ela não teria escolha. Mas então ele falou, sua voz rouca de desejo:

— Pode me parar agora, querida — ele gemeu. — Se não for isso que você quer, então me afaste, porque — que Deus me ajude — se você não fizer nada, eu a *farei* minha.

Ela levantou a mão para acariciar o rosto dele, um toque leve como uma pluma.

— Sempre fui sua, Adam, desde o primeiro momento em que nos conhecemos. — Então, ela abriu as pernas, dando-lhe seu consentimento.

Adam gemeu e abaixou a cabeça para tomar a boca de Temperança, seus lábios abocanhando desesperadamente os dela.

— Hei de tentar não machucá-la, querida — ele murmurou, depositando beijos leves ao longo da mandíbula dela e para baixo, em seu ombro. Temperança não respondeu, perdida na visão da cabeça dele mais uma vez se inclinando para sugar seus mamilos. Quando ela sentiu a ponta de sua masculinidade na entrada de seu núcleo, instintivamente ergueu os quadris e, com um rosnado incoerente, Adam perdeu o pouco controle que lhe restava e se enfiou fundo dentro dela.

A dor repentina foi um choque para Temperança e ela recuou, empurrando para trás o corpo de Adam, agora intimamente ajustado ao dela.

— Não, querida, agora não — ele ofegou. — Tarde demais. Prometo que lhe darei o que você quer. Basta relaxar. Não há de doer outra vez. Não vou machucá-la de novo, eu juro. Nunca mais.

Ele ficou imóvel, toda sua extensão dura distendendo e preenchendo-a, e aos poucos Temperança relaxou enquanto ele se aconchegava em seu pescoço, seus dedos brincando com os mamilos já excitados. Lentamente, a necessidade inquieta começou a aumentar outra vez, até que apenas tê-lo dentro dela já não era o suficiente. Erguendo a cabeça, Adam começou a se retirar devagar, fazendo com que ela gemesse em protesto. Com uma risada breve, ele a beijou gentilmente.

— Paciência, querida, deixe-me fazer o que tenho de fazer. — Então ele mergulhou lentamente de volta em seu calor encharcado, a sensação incrível de seu aperto quase o levou à ruína.

Temperança estremeceu quando ele se retirou e estocou mais uma vez, em um ritmo implacável que alimentou o fogo que ela já tinha sentido com os dedos dele. Ela gemeu, erguendo-se até ele.

Ah... isso foi muito... maravilhoso... ah, céus.

Tinham voltado. As espirais de antes estavam se formando outra vez até que, de repente, o prazer explodiu, e ela gritou, arqueando as costas enquanto ondas e mais ondas de sensações percorriam cada parte dela.

Mas ele continuava a estocar, com mais força, mais rápido, o rosto tenso com o que quase parecia ser agonia, até que, com um gemido baixo e ofegante, ele a penetrou uma última vez e explodiu dentro dela, sua respiração entrecortada entre os dentes cerrados.

Ofegante, Adam encostou a cabeça no ombro dela. Que diabos tinha acabado de acontecer? Normalmente, ele conseguia estender o ato amoroso por horas, usando sua inegável experiência para prolongar a tortura requintada para ambas as partes. Mas não dessa vez. Naquela ocasião, foram apenas alguns minutos. E, para piorar a situação, ele havia gozado dentro dela, incapaz de controlar os tremores arrebatadores. Levantando a cabeça, ele olhou para a beldade de cabelos escuros embaixo dele. Ela estava olhando para ele com algo parecido com admiração, o que de certa forma massageou seu ego. Erguendo a mão, ela tocou o rosto dele mais uma vez.

— Obrigada por me mostrar — ela sussurrou. — Por me fazer esta gentileza.

Adam ficou olhando para ela perplexo. Aquilo não foi nem perto de uma gentileza. Será que ela não fazia ideia das consequências que poderiam advir da perda de controle dele? Ele a puxou para o seu lado, aconchegando a cabeça dela em seu pescoço.

— Não foi nenhuma gentileza, Temperança — admitiu ele, apoiando o queixo no topo da cabeça dela. — Fiz o que qualquer homem viril faria dadas as circunstâncias.

Ela levantou a cabeça para olhá-lo:

— Bem, eu sou grata de qualquer forma — ela murmurou. — Aceitei que não posso me casar agora e que é improvável que volte a experimentar sensações tão maravilhosas, portanto, devo isso a você.

Adam franziu a testa:

— De que diabos está falando, mulher? — perguntou ele. — Enlouqueceu?

Foi a vez de Temperança levantar a cabeça e olhar para ele:

— É claro que não. Estou apenas tentando dizer obrigada. Se você acha que isso é sinal de loucura, bem, está claro que não está acostumado a receber gratidão.

Adam cerrou os dentes de novo, dessa vez para evitar a tentação de pegá-la e lhe dar uma boa sacudida.

— Não precisa me agradecer — retrucou ele. — Na verdade, senhorita, ao vir para a minha cama, apenas tornou ainda mais necessário que realizássemos a cerimônia de casamento o mais rápido possível.

Temperança se sentou e o encarou:

— Você se esqueceu? Não vamos mais nos casar — disse ela como se estivesse falando com um imbecil. — Eu o libertei de sua promessa.

— E a sua maneira de me libertar de honrá-la é entrar no meu quarto no meio da noite e me pedir para transar com você? — disse Adam de forma grosseira, sem conseguir acreditar naquilo.

— Creio que já tenha me explicado — respondeu Temperança, juntando os retalhos de sua camisola e saindo da cama.

— Então você só queria uma transa, sem amarras. — A voz dele agora era fria, fazendo com que Temperança lhe lançasse um olhar um pouco desconfortável.

— Talvez pudesse ter dito isso de forma um pouco mais delicada — disse ela, procurando seu roupão.

Adam se sentou, por sua vez, antes de se recostar na coluna da cama, com as mãos atrás da cabeça.

— E se você estiver grávida? — ele perguntou sem rodeios.

— Eu... não acho que isso seja provável em um único encontro — declarou ela, amarrando o roupão em volta de si, tensa. — Ou é?

A incerteza na voz dela fez com que Adam soltasse uma risada cruel. Na verdade, ele estava furioso consigo mesmo e com sua incapacidade de controlar seus impulsos. Também estava furioso com o fato de que a ideia de se casar com Temperança Shackleford não era tão abominável quanto pensava que seria — pelo menos para ele. Claramente, a mulher que tinha acabado de compartilhar a cama com ele discordava disso. Ele percebeu que ela o estava encarando, esperando seu veredicto.

— Talvez não — ele admitiu com os dentes cerrados —, mas, se tiver um filho fora do casamento, será excluída não só da alta sociedade, ninguém mais irá querer ter qualquer coisa a ver com você.

Se ele esperava assustá-la e que assim a moça caísse em si, logo viu seu plano ir por água abaixo.

— Presumo que, se eu... ficar... grávida — ela gaguejou — você garantirá que a criança, pelo menos, seja bem cuidada.

— Eu já lhe ofereci meu nome — gritou Adam. — O que mais quer de mim? — Ele saiu da cama e vestiu a calça. — Você é uma criança irresponsável — disse ele, furioso. — Brinca com fogo e espera que os outros apaguem as chamas.

Temperança o encarou com espanto. Cada palavra que ele disse era verdade. Ela não havia pensado nas consequências de suas ações. Ela simplesmente queria, ou melhor, precisava saber como era...

— O que diabos você tem contra se casar comigo? — continuou ele, furioso. — Tem medo de que eu bata em você? Que eu me force em você? É isso? — Ele passou os dedos pelo cabelo, exasperado, então prosseguiu. — Senhorita, eu lhe asseguro que, após a cerimônia, ficarei mais do que feliz em deixá-la à sua própria sorte.

— E é exatamente por isso que não posso, por isso que não vou... — rebateu Temperança, seu famigerado gênio forte enfim vindo à tona. — Prefiro mil vezes me arriscar sozinha do que ficar presa a um homem que não me ama.

Adam a encarou, atônito. Quando foi que o amor entrou nessa história? Antes que ele pudesse dizer mais alguma coisa, ela começou a chorar de raiva, foi até a porta, abriu e saiu sem sequer vasculhar o corredor escuro.

Afastando as lágrimas de raiva, Temperança correu rapidamente pelo corredor até seu quarto. Assim que abriu a porta, foi agarrada por trás com um braço em volta da garganta e o outro sobre a boca.

Uma combinação repugnante de esterco de vaca, suor e tabaco preencheu suas narinas quando uma voz sussurrou em seu ouvido:

— Então, por onde o passarinho está voando a essa hora? Estava esperando por você, querida. Vim até aqui só para poder cortar sua linda garganta.

Capítulo 22

Perplexo, Adam voltou a se sentar, jogando seu peso todo na cama, o cheiro de rosas preenchendo suas narinas. Temperança Shackleford estava apaixonada por ele.

Por que ele estava tão surpreso? Moçoilas imaturas recém-saídas da escola declaravam amor eterno por ele o tempo todo. Temperança podia estar um pouco velha para uma debutante, mas era igualmente ingênua. Ela não sabia o significado da palavra amor. E ele havia tornado as coisas cem vezes piores com suas ações. Em vez de simplesmente mandá-la embora com um tapinha na cabeça, optou por seduzi-la. Sem querer, seus pensamentos voltaram à sensação gloriosa do calor úmido dela ao redor dele e, quase imediatamente, seu pau se ergueu outra vez. Que confusão dos infernos.

A moça não se casaria com ele porque achava que ele não a amava. Ela era tola, impaciente, imprudente e cabeça-quente. Tudo o que uma dama não deveria ser... Mas, naquele momento, ele se deu conta de uma coisa; na verdade, foi quase como um tapa na cara:

Temperança Shackleford era tudo o que ele sempre quis em uma esposa.

Não importava se ela não compreendia o verdadeiro significado da palavra amor. Na verdade, ele também não entendia. Só sabia que nunca sentira nada parecido com a sensação de alegria que o simples fato de estar com ela lhe proporcionava.

E, por Deus, naquele instante, a única coisa que ele queria era que ela lhe mostrasse o que achava que significava amar. E, por sua vez, ele lhe mostraria a sua versão.

Adam queria que aprendessem isso um com o outro. E queria tanto que chegava a doer.

A revelação o pegou de surpresa. Balançou a cabeça para organizar seus pensamentos, imaginando se estava tendo algum tipo de ataque. Em seguida, ficou de pé e andou por toda a extensão de seu quarto, esperando que a loucura passasse. Lamentavelmente, isso não aconteceu.

Será que ela se calaria por tempo suficiente para ouvi-lo? Ele sorriu com tristeza. É bem provável que não. Mas ele sabia que não podia esperar até de manhã para descobrir. Então vestiu uma camisa e abriu a porta.

— Então, quanto acha que Sua Senhoria nobre e bondosa daria para tê-la sã e salva de volta na cama dele? — vangloriou-se Dolly Smith, tirando a mão imunda da boca de Temperança, mas mantendo o forte aperto na garganta da jovem. Ficou claro que a jararaca tinha deixado de lado qualquer pretensão de sofisticação.

— Ele não pagará nada — ofegou Temperança. — Ele não quer saber de mim. Já deveria saber disso depois de ouvir nossa conversa atrás do celeiro de dízimos.

— Sua sorte é que eu logo vi o que estava fazendo. Eu ia cortar sua garganta primeiro e pensar depois — respondeu a mercenária —, mas sei bem o que está acontecendo. Está transando com ele. A vadia metida finalmente ergueu as saias. — Ela gargalhou, apertando mais o pescoço de Temperança, colocou a boca em sua orelha, fazendo barulhos repugnantes de beijos.

Temperança estremeceu, para o deleite da criatura:

— Estou dizendo que Lorde Ravenstone não se importa comigo — insistiu ela, engolindo a bile. — Ele não lhe dará nem um centavo. Se for embora agora, não direi a ninguém que esteve aqui. Poderá fugir daqueles que querem lhe fazer mal e ir para onde quiser.

Dolly Smith fez uma pausa como se estivesse pensativa, depois enfiou a mão livre nas saias e pegou uma faca grande, que ela acenou diante dos olhos aterrorizados de Temperança:

— Se ele não pagar, deixarei um presente de despedida para ele, como planejei. Mesmo que ele não dê a mínima, seu querido papai estará lamentando e chorando no púlpito no domingo. E, para ser bem sincera, eu até prefiro cortar a sua garganta. — Ela ergueu a faca em direção ao pescoço de Temperança e, por um breve segundo, afrouxou o aperto enquanto tentava alinhar a arma com a garganta de sua refém.

Lembrando-se de todas as brigas de sua infância com as crianças do vilarejo, Temperança aproveitou a chance e jogou a cabeça para trás, acertando o nariz da adversária. Com um grito estridente, Dolly Smith a soltou e cambaleou para trás, lançando a faca para baixo com força e abrindo um corte profundo no braço da refém. Gritando, Temperança fechou a mão sobre o ferimento e conseguiu se desvencilhar da criatura antes que ela pudesse lhe acertar um golpe ainda mais grave.

Ao se virar, ela se encostou no canto mais distante do quarto e gritou.

Segundos depois, a porta foi aberta, e Adam entrou correndo. Aos gritos, Dolly Smith se lançou em direção a ele, usando sua faca como um machado. Por sorte, o conde foi rápido o suficiente para sair do caminho dela, mas nem passou por sua cabeça que precisaria de uma arma para entrar no quarto de sua amada, então, não tinha com o que se defender. Observando a vigarista cautelosamente enquanto ela caminhava em sua direção, o rosto dela contorcido de ódio, ele foi em direção à cama, certificando-se de afastá-la o máximo possível de Temperança. Segurando a faca na direção dele, Dolly Smith sorriu.

— Não está tão confiante agora, não é, milorde? Garanto que vou deixar algumas cicatrizes bem bonitas em você antes que eles venham me buscar.

— Vá embora agora — disse o conde com uma voz calma e gélida — e poderá escapar com sua vida miserável.

Dolly Smith balançou a cabeça com um sorriso assustador, e Adam se deu conta de que ela realmente estava fora de si. Ficou claro que era capaz de qualquer coisa. Temperança estava sinistramente quieta, mas ele não se atreveu a olhar para ela, para que a chantagista não se aproveitasse de sua desatenção momentânea. Com uma risada estridente, ela o perseguia com a faca erguida triunfalmente no ar. Era evidente que achava que estava em vantagem.

Apalpando atrás de si, as mãos de Adam procuraram algo para usar como arma, mas só encontrou um travesseiro. Pensando que poderia lhe proporcionar alguma defesa, ele o agarrou e o segurou contra o peito. A mulher claramente achou que as ações dele denotavam medo e deu uma risada cheia de desdém enquanto avançava.

— Encurralado como o maldito rato que você é — ela zombou, avançando em direção a ele.

— Se eu fosse você, ficaria quieta — Adam respondeu friamente. — Não passa de uma mercenária, e cada palavra que sai de sua boca mostra o quanto seu lugar é a sarjeta. — Ele esperava induzi-la a agir de forma precipitada, mas, por um momento, achou que não tinha conseguido. Então, os olhos dela se estreitaram, e ela correu em direção a ele, gritando.

Ao empurrar o travesseiro à distância de um braço no caminho dela, Adam viu a faca cortar o material como se fosse manteiga. Então, antes que ela conseguisse extrair a arma das entranhas do travesseiro, o conde forçou o braço dela para baixo, deu um passo à frente e a socou bem no nariz já machucado. Ela caiu para trás, batendo a cabeça na quina de latão da cama com um estalo sinistro e, por fim, se esborrachando no chão.

Com cautela, Adam se aproximou do corpo e se abaixou, torcendo o nariz para o cheiro horrível. Uma poça escura de sangue estava se acumulando sob a cabeça da criatura, seus olhos estatelados e fixos no nada.

Dolly Smith estava indiscutivelmente morta.

Adam ouviu Temperança se mover de seu canto em direção ao cadáver, mas ela parou quando ele rugiu para que ela ficasse onde estava. Ao olhar para o rosto dela, no entanto, ele ficou surpreso por não ver lágrimas.

Em vez de estar com medo, Temperança parecia apenas... furiosa.

— Bem, que sirva de lição para essa criatura odiosa por se meter com os Shacklefords — ela soltou. — Espero que Lúcifer lhe ensine boas maneiras.

Pela manhã, todos na casa sabiam do ocorrido. Ou seja, sabiam do arrombamento e da subsequente morte de Dolly Smith. Nada sabiam dos eventos que o antecederam.

O conde foi muito aclamado por todos na casa dos Sinclair, principalmente porque os eventos que ocasionaram a morte dela estavam necessariamente confinados entre suas quatro paredes.

No que dizia respeito à Temperança, o fato de ela e o conde não terem sido vistos em flagrante delito era inteiramente satisfatório. Bem, seria se ela conseguisse parar de chorar.

Agora que a antiga Gertrude Fotheringale não era mais uma ameaça, o duque aceitou com relutância a insistência de Temperança de que o acordo entre ela e o conde de Ravenstone era desnecessário. Graça, vendo que sua irmã estava muito infeliz, acreditou erroneamente que cancelar o noivado melhoraria seu humor e, assim, persuadiu seu marido a ceder aos desejos de Temperança.

No entanto, Sua Graça ficou bastante surpreso com a reação de Lorde Ravenstone ao ser informado de sua suspensão. Longe de parecer feliz ou mesmo ligeiramente aliviado, o conde apenas se curvou e se desculpou, alegando a necessidade de cuidar de outros assuntos.

Portanto, Sua Senhoria não estava presente no jantar daquela noite, quando o duque e a duquesa de Blackmore anunciaram que Graça estava esperando seu primeiro filho.

Depois de muitas felicitações, todos, com exceção da futura mãe, ficaram felizes em brindar o nascimento que estava por vir.

— Pretende voltar para Blackmore em breve? — Temperança perguntou assim que foram para a sala de visitas. O duque e Percy também estavam presentes, mas decidiram não tomar uma taça de vinho do Porto juntos, para alívio do coadjutor.

— Tenho insistido para que ela volte — Nicholas comentou. — Mas como sempre, minha esposa apenas diz *sim, querido*, e então faz o que ela quer.

Graça colocou sua mão carinhosamente sobre a do marido com um sorriso.

— Creio que o melhor a fazer seja prosseguir com sua temporada, Tempy — disse ela. — Agora que seu… seu… noivado com Lorde Ravenstone terminou, antes mesmo de ser anunciado, tenho certeza de que ainda teremos muitas oportunidades de encontrar um marido agradável para você antes de a minha barriga ficar grande demais para não caber na carruagem que me levará de volta a Devonshire.

Temperança engoliu a dor agora familiar que acompanhava qualquer menção ao conde e balançou a cabeça.

— Quando meu pai estiver bem o suficiente para viajar — disse ela —, eu gostaria de voltar para Blackmore. — Ela respirou fundo. — Embora seja muito grata por sua bondade e generosidade, como eu disse antes, não acredito que eu pertença a este lugar. Talvez um dia eu encontre um cavalheiro do interior que seja paciente e possa tolerar meus defeitos.

Graça estava prestes a discordar, mas Nicholas colocou sua mão sobre a dela como que lhe dando um aviso. Ele olhou para Temperança em silêncio por um segundo e então concordou com a cabeça:

— Sempre será bem-vinda em nossa casa — disse ele gentilmente. — Mas creio que já sabe disso.

Temperança abriu um sorriso trêmulo, muito grata por ele parecer tê-la entendido. Ela se virou para Lady Felicity, que estava sentada em silêncio só observando.

— Também gostaria de lhe estender meus agradecimentos, senhorita Beau... Felicity — ela sorriu. — Não tenho dúvida de que fui uma provação dolorosa para a senhorita, que trabalhou tão incansavelmente para me transformar em uma jovem dama. — Ela riu com tristeza. — Mas nem mesmo a senhorita pode fazer tantos milagres.

— Na verdade, peço que me desculpe, mas preciso discordar — respondeu a senhorita Beaumont, séria. — Já não é mais a moça desajeitada, ingênua e impulsiva que conheci no sarau. Tornou-se uma... — Ela fez uma pausa e riu alegremente antes de continuar: — Minha querida, tornou-se uma mulher confiante, graciosa... e... ainda assim, impulsiva, mas não tenho dúvida de que qualquer homem que se preze terá muita sorte em ter uma mulher como a senhorita ao seu lado.

Temperança riu, piscando para conter as lágrimas, quando Malcolm enfiou a cabeça pela porta.

— Achei que gostaria de saber que seu pai está acordado — sorriu ele. — Está perguntando onde está seu maldito coadjutor e se o sermão para o próximo domingo já foi escrito. Ah, e se alguém pode lhe trazer um sanduíche de presunto, uma boa dose de conhaque... e Freddy.

O conde de Ravenstone voltou para sua casa em Londres e imediatamente ordenou que seu criado fizesse as malas. Depois de mandar um breve bilhete para sua mãe, chamou sua carruagem e ordenou que o cocheiro o levasse até a residência de sua antiga amante. Não estava indo à casa da senhorita Levant por ter mudado de ideia, apenas para garantir que ela estivesse ciente de que o relacionamento deles tinha acabado. No entanto, ele não queria vê-la em apuros e pretendia garantir a ela seu apoio financeiro até que encontrasse outro homem para mantê-la.

Para seu pesar e deleite, Marie recebeu a notícia surpreendentemente bem, e Adam logo percebeu que a desatenção dele nas últimas semanas não havia passado despercebida. Na verdade, ela pôde recusar graciosamente sua generosa oferta financeira, pois outro cavalheiro rico e titulado já estava tentando tomar o lugar dele...

Na manhã seguinte, bem cedo, ele estava a caminho de suas propriedades em Wiltshire. Fazia quase dois anos que não visitava Ravenstone e tinha certeza de que muita coisa precisaria ser feita na casa antes que ela se tornasse um lugar adequado para se ter uma esposa.

Ainda que ela fosse uma víbora mal-humorada que até então se recusara a se casar com ele.

Capítulo 23

Reverendo Shackleford estava farto de estar indisposto. Sua esposa era provavelmente a pior cuidadora de todo o condado de Devonshire, senão da Inglaterra. Na verdade, Agnes parecia mais ressentida do que qualquer outra coisa por ele estar roubando sua atenção. Se ela também pudesse levar um tiro no ombro sem temer a morte, ele não tinha dúvida de que ela o faria.

Tampouco parecia lá muito impressionado com seu ato de bravura e coube a Percy espalhar a interessante história entre os habitantes. Dado o fato de que Gertrude Fotheringale havia residido em Blackmore nos últimos oito anos, ninguém ficou nem um pouco surpreso em saber que na verdade ela trapaceava em jogos. Não só isso, mas a maioria das pessoas parecia ter uma história ou um incidente com ela para contar, aumentando o caráter quase mítico de Lady Fotheringale. De fato, o nome dela rapidamente virou uma ameaça para crianças pequenas se elas se recusassem a comer repolho ou a lavar atrás das orelhas durante o banho semestral.

É claro que os habitantes também estavam cientes da maioria dos fatos, já que toda a comunidade sabia da discussão entre Lorde Ravenstone e Temperança Shackleford atrás do celeiro de dízimos, e também sabiam que Gertie tentara chantagear o conde. Todos concordaram que o fato de a odiosa criatura ter tido um fim desagradável foi bem feito.

O resultado foi que o reverendo Shackleford virou quase um santo entre seus paroquianos, menos para sua esposa. Na primeira ocasião em que ele voltou ao púlpito, não havia um único lugar vago em toda a igreja. Na verdade, pelo menos 50% dos presentes ficaram acordados até o final de seu sermão.

Até mesmo o duque e a duquesa de Blackmore compareceram, pois a duquesa estava claramente esperando seu primeiro filho, o que deu ao evento um ar festivo do qual os moradores locais falariam nos próximos anos.

Todos também concordaram que a única estraga-prazer foi Temperança Shackleford, que parecia tão triste durante todo o evento que a congregação teve certeza absoluta de que ela havia sido abandonada pelo conde de Ravenstone. Era de comum acordo que Seu Senhor era um completo e absoluto canalha por ter comprometido uma garota tão doce e inocente.

Mesmo que ela tivesse feito Ebenezer Brown andar mancando por meses...

Apesar das súplicas de suas irmãs, Temperança se recusou a acompanhá-las em uma viagem à praia. Sabia que precisava mesmo se animar um pouco, mas, no momento, não via sentido em nada. A única pessoa com quem tinha vontade de passar algum tempo era Graça, que, apesar de ter o apetite de um boi e de ter consumido sozinha a maior parte dos estoques de inverno de Blackmore, continuava incrivelmente magra, exceto por uma pequena barriga de grávida. Ela também era irritantemente saudável e insistia em fazer uma caminhada diária de cinco quilômetros, durante a qual Temperança sempre a acompanhava com Freddy. Foi nessas caminhadas que Graça aos poucos se deu conta do quanto estava errada em não insistir que o casamento de sua irmã com Lorde Ravenstone fosse adiante. Sua irmã mais nova, teimosa, irritante e mal-humorada, definitivamente tinha dado um tiro no pé. O que, diga-se de passagem, era bem de seu feitio.

E tudo porque ela achava que Adam Colbourne estava sendo forçado a se casar com ela.

Embora isso pudesse ter sido verdade no início, tanto Graça quanto Nicholas achavam que o conde de Ravenstone estava bem conformado — talvez até feliz — com a possibilidade de se casar com ela.

Infelizmente, não tiveram nenhuma notícia do conde desde que retornaram a Blackmore, além de uma breve nota de agradecimento onde informava que ele havia deixado Londres e ido para sua propriedade em Wiltshire.

Em sua ânsia de ver Temperança feliz, Graça não conseguia parar de pensar no que poderia fazer até que o duque a mandou desistir da questão, do contrário ele a confinaria no quarto. Olhando para o marido com olhos apertados, Graça não chegou a dizer "pois tente"; mas, ainda assim, Nicholas sabia que estava adentrando um terreno perigoso e, com um suspiro, finalmente se deu conta de que teria de tomar as rédeas da questão se quisesse ter paz.

Era o início do outono, mas o clima ameno em Devonshire deixava transparecer o fato de que faltavam apenas algumas semanas para o Natal. Graça e Temperança haviam terminado uma caminhada particularmente longa e estavam relaxando na ensolarada sala matinal de Blackmore quando o duque entrou de repente.

Como seu marido não costumava sair de seu escritório até uma hora antes do jantar, Graça ficou surpresa ao vê-lo.

— Algum problema? — ela perguntou ansiosa.

— De forma alguma — Nicholas respondeu cuidadosamente. — Estava procurando Temperança.

Sua cunhada olhou para cima, assustada:

— O que eu fiz? — Temperança perguntou com uma pontada de preocupação. — Juro que não fui eu quem quebrou o braço de Jack Taylor. Ele o machucou quando tropeçou em minha cesta.

O duque, que até então não sabia de tal ferimento, lhe lançou um olhar desconfiado. Contar em detalhes o que ocorrera parecia desmentir o fato de que ela era uma espectadora inocente. Céus, ele precisava casá-la antes que ela acabasse matando alguém.

— Não faço ideia do que está falando — respondeu ele, seco —, mas adoraria ouvir um relato detalhado mais tarde.

Temperança percebeu seu erro e seu rosto mudou de cor.

— Na verdade, você é uma péssima mentirosa, Tempy — comentou a irmã, tentando conter um sorriso.

Levantando-se, Temperança fungou sem se dignar a responder à avaliação de Graça quanto à sua personalidade, em vez disso, limitou sua atenção ao duque, que agora estava se esforçando para não rir.

— Como posso ajudar Vossa Senhoria? — perguntou ela cheia de formalidade. Foi a gota d'água. Tanto o duque quanto a duquesa caíram na risada.

— Fico, é claro, encantada em proporcionar a ambas as Suas Graças uma fonte de diversão — continuou Temperança, tensa —, mas talvez possam parar de rir e o senhor me dizer como posso ajudar.

Infelizmente, sua resposta apenas os fez rir mais até que Temperança finalmente se levantou e bateu o pé.

— O que quer, Nicholas? — ela perguntou, seu tom grosseiro.

Enquanto tentava parar de rir, o duque percebeu que havia feito a cunhada perder a paciência, o que era a sua intenção o tempo todo.

Quando Temperança se irritava, também era impetuosa.

— Você tem visita — ele disse como quem não quer nada. — Adam Colbourne está aqui para vê-la. Eu o deixei se refrescando na sala de estar.

Por um segundo, Temperança o encarou confusa:

— O conde está aqui? — perguntou ela, incrédula.

— Está — respondeu Nicholas. — Eu disse a ele que você não gostaria de vê-lo e que você...

— O senhor agora se atreve a falar por mim, Vossa Senhoria, assim como sua esposa? — interrompeu Temperança, claramente muito irritada. — Se Vossa Senhoria não se importar, irei ao encontro do conde e descobrirei por mim mesma o que ele deseja. — Ela inclinou a cabeça regiamente e saiu da sala com toda a desenvoltura de uma condessa. Nicholas e Graça a encararam com espanto.

Adam não tinha a intenção de se demorar para visitar Blackmore. Mas, infelizmente, Ravenstone estava em uma condição muito pior do que imaginara, e os reparos necessários foram tantos que a primavera virou verão e então outono sem que ele se desse conta. E, quanto mais o tempo passava, mais difícil era se convencer de que Temperança o receberia de braços abertos. Na verdade, era mais provável que ela o tratasse com a sua careta de sempre. Nos primeiros meses, tinha esperança de que a união deles resultasse em um filho, mas foi rapidamente desiludido dessa ideia quando o silêncio continuou até o final do verão.

Portanto, é preciso dizer que ele ficou muito grato por finalmente receber uma carta do duque de Blackmore implorando para que Adam levasse Temperança embora. Naturalmente, não foram bem essas as palavras de Sua Graça, mas o desespero estava estampado inegavelmente em cada linha.

E agora, enquanto esperava para ver a mulher que ele temia ser o amor de sua vida, Adam se sentia tão nervoso quanto um rapazote inocente prestes a ver seu primeiro amor. De fato, era ridículo.

A porta se abriu e, respirando fundo, ele se virou.

Temperança olhou para o homem cujo rosto e corpo a mantinham acordada noite após noite.

Ele parecia... bem. Claramente passara muito tempo ao ar livre, e ela sentiu uma pontada de ciúme ao se perguntar se ele estava sozinho. Ela não queria nada mais do que se jogar em seus braços e implorar para que ele a levasse... para qualquer lugar. Ela não se importava, desde que ele não a deixasse sozinha outra vez com essa sensação agonizante de perda. Mordendo o lábio, ela afastou os pensamentos ultrajantes e fez uma pequena reverência educada, à qual Adam fez uma inclinação de cabeça igualmente educada.

— Disseram-me que pediu para me ver — comentou Temperança com cortesia. — Em que posso ajudá-lo?

Certamente, ele não fazia ideia do quanto o coração dela estava acelerado. Se fizesse, não ficaria olhando para ela com o rosto inexpressivo.

— Como você está? — ele perguntou, fazendo com que ela tivesse vontade de gritar. *Será que ele não estava vendo?* Na maior parte do tempo, ela mais parecia um cadáver. A raiva provocada pelo divertimento anterior do duque fez seu sangue ferver e ela esbravejou:

— Foi isso que veio dizer? — ela soltou. — Porque parece um caminho terrivelmente longo para vir apenas perguntar se uma pessoa está bem. Como pode ver claramente, parece que fui desenterrada há pouco tempo.

— Creio que é de bom-tom iniciar uma conversa com amenidades para só então abordar assuntos mais... pessoais — respondeu o conde entre dentes cerrados.

— Como o senhor bem sabe, não sou lá de me preocupar com o que é ou não de bom-tom — retrucou Temperança, tentando não chorar. Tudo estava dando errado. De novo. Ela não conseguia controlar as palavras raivosas que saíam de sua boca.

Só que dessa vez foi diferente. Dessa vez, o conde não revidou. Em vez disso, ele respirou fundo e caminhou em direção a ela, seus belos olhos cinzentos fixos nos dela. Quando estava a apenas um palmo de distância, ele parou:

— Não é minha intenção brigar com você, Temperança — ele murmurou mantendo sua voz cuidadosamente tranquila. — Só queria lhe dizer que não consigo dormir à noite de tanto pensar em você. Meu pau fica duro com a mera menção do seu nome. Anseio por você a cada momento de cada dia. E não deixarei Blackmore até que concorde em se casar comigo.

Temperança o encarou por um segundo, repassando as palavras em sua mente, achando que, de alguma forma, tinha ouvido errado. Então, com um choramingo quase incoerente, ela se jogou nos braços dele. Adam deu um passo para trás com um grunhido, mas não fez nenhuma tentativa de afastá-la. De fato, sua boca encontrou a dela com o mesmo entusiasmo e, a certa altura, Temperança chegou a temer desmaiar se ele continuasse a abraçá-la com tanta força.

— Devo entender que estão noivos de novo? — comentou uma voz seca da porta.

Arfando, Temperança se afastou e se virou para o duque, que os olhava com curiosidade.

O conde olhou para a mulher corada ao seu lado, lutando contra o desejo de tomá-la nos braços mais uma vez.

— Se Deus quiser, nos casaremos em breve — ele resmungou —, contanto que eu tenha a permissão do pai dela, é claro.

Temperança bufou indelicadamente.

— Meu pai me carregaria até o altar ele mesmo se suas costas não o impedissem.

Adam jogou a cabeça para trás e riu.

Epílogo

O reverendo ficou feliz da vida. O casamento transcorreu sem problemas, e ele não tinha dúvidas de que os habitantes comemorariam no parque do vilarejo até amanhecer. De fato, nem mesmo Agnes havia deixado a festa antes das dez. Ela não ficou tanto tempo nem no próprio casamento.

Com um suspiro de satisfação, ele serviu uma boa dose de conhaque para ele e para Percy.

— Mais um capítulo para minha biografia, Percy — comentou ele, sentando-se em sua cadeira favorita. — Duas já foram, agora faltam seis. Nesse ritmo, Anthony será tão rico quanto o Rei Midas.

— Na verdade, não posso discordar disso, senhor — concordou Percy, saboreando um gole de seu conhaque, claramente um presente do duque. Diga-se de passagem, antes do casamento de Graça, as bebidas alcoólicas na mesa do reverendo eram de péssima qualidade.

Os dois homens relaxaram em um silêncio agradável, o único ruído vinha do ronco de Freddy em frente à lareira.

De repente, o reverendo sentiu uma pontada incômoda no ombro. Não era a primeira vez que ele sentia esse desconforto no ferimento e, ultimamente, a dor estava definitivamente piorando. Com uma careta, esfregou o ferimento e prometeu a si mesmo conversar com Malcolm assim que os pombinhos partissem de Blackmore.

No fim das contas, ele tinha certeza de que não era nada.

FIM

A história do reverendo e da família Shackleford continua em *Confiança: livro três das irmãs Shackleford...*

Agradecimentos

Muito obrigada por ler o livro *Temperança*, espero realmente que tenha gostado.

Se quiser entrar em contato comigo, vou adorar. Sinta-se à vontade para me mandar uma mensagem pela minha página do Facebook (facebook.com/beverleywattsromanticcomedyauthor) ou pelo meu site (http://www.beverleywatts.com/).

Se quiser saber assim que o próximo livro das *irmãs Shackleford* for lançado, inscreva-se em nossa newsletter e fique por dentro dos lançamentos: https://faroeditorial.com.br/newsletter-2/

E, por fim, muito obrigada por ler esta história.

LEIA TAMBÉM

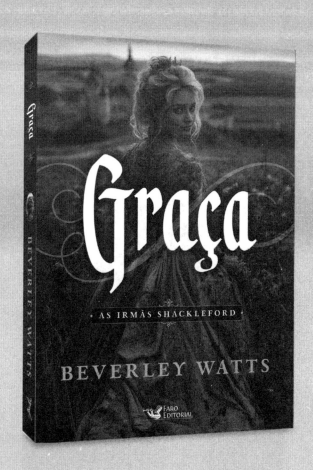

ASSINE NOSSA NEWSLETTER E RECEBA
INFORMAÇÕES DE TODOS OS LANÇAMENTOS

www.faroeditorial.com.br

CAMPANHA

Há um grande número de pessoas vivendo com HIV e hepatites virais que não se trata. Gratuito e sigiloso, fazer o teste de HIV e hepatite é mais rápido do que ler um livro.
FAÇA O TESTE. NÃO FIQUE NA DÚVIDA!

FARO EDITORIAL

ESTA OBRA FOI IMPRESSA
EM MAIO DE 2025